風神 徐潤

풍신서윤

# 풍신서운 7

강태훈 新무협 판타지 소설

초판 1쇄 찍은 날 § 2016년 7월 4일
초판 1쇄 펴낸 날 § 2016년 7월 11일

지은이 § 강태훈
펴낸이 § 서경석

편집책임 § 김현미

펴낸곳 § 도서출판 청어람
등록번호 § 제387-1999-000006호
등록일자 § 1999. 5. 31
어람번호 § 제2-2669호

주소 § 경기도 부천시 원미구 부일로 483번길 40 서경B/D 3F (우) 14640
전화 § 032-656-4452 팩스 § 032-656-4453
http://www.chungeoram.com
E-mail § chungeorambook@daum.net

ISBN 979-11-04-90878-1 04810
ISBN 979-11-04-90522-3 (세트)

풍신서윤

風神綜覽

7

강태훈 新무협 판타지 소설

청람
도서출판

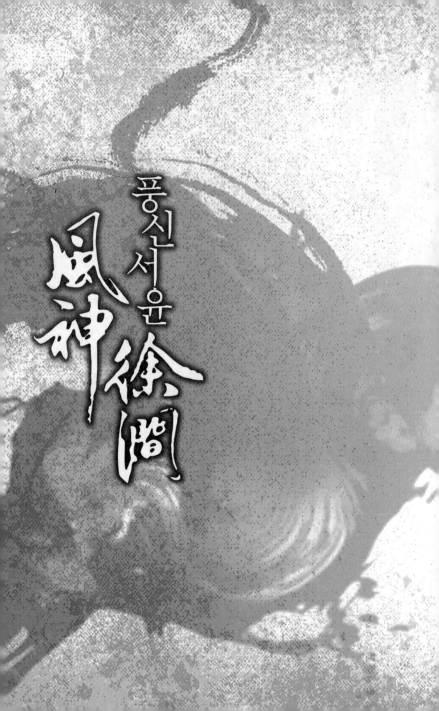

풍신서윤

風神 徐閤

| 1장 | 출두(出頭) | 7 |
| 2장 | 소림(少林) | 33 |
| 3장 | 무당(武當) | 61 |
| 4장 | 의협대 | 97 |
| 5장 | 매영(枚影) | 129 |
| 6장 | 광서성(廣西省) | 155 |
| 7장 | 신화(神話)의 시작 | 183 |
| 8장 | 수색(搜索) | 211 |
| 9장 | 음귀곡(陰鬼谷) | 235 |
| 10장 | 계략(計略) | 269 |

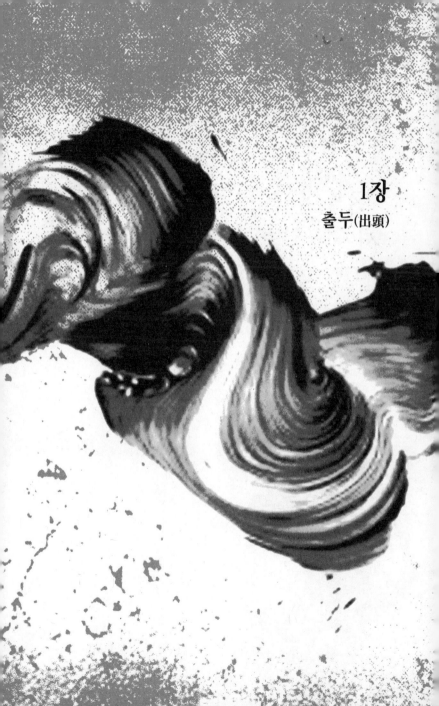

# 1장
## 출두(出頭)

風神 徐潤
풍신서윤

"작년보다는 안 더운 것 같네요."

마을에 들어서면서 설시연이 나직이 중얼거렸다. 그에 곁에
있던 서윤이 미소를 지으며 그녀를 지그시 바라보았다.

그런 두 사람을 보곤 촌부 두 명이 스치듯 지나가며 말하
는 소리가 들렸다.

"어째 작년보다 더 더운 것 같어."

"그러게. 비도 안 오고. 이러다가 가뭄이 심하게 드는 거 아
닌가 몰라."

그 대화를 들은 서윤이 미소와 함께 말했다.

"작년보다 더 더운 것 같다는데요?"

"그래요? 신기하네요."

서윤도 설시연도 왜 작년과 비교해 덜 덥게 느껴지는지 알고 있었다. 하지만 설시연이 그렇게 말한 것은 자신에게 찾아온 변화가 아직 익숙지 않았기 때문이다.

서윤이 오기조원을 이루고 얼마 후 설시연 역시 내력 면에서 한 단계 올라섰다. 그간 스스로 고민하고 노력해 온 것에 설백의 가르침이 더해져 빠르게 정리가 되었고, 그것은 고스란히 성취로 돌아왔다.

수년간 홀로 수련해 오면서 이처럼 빠른 성장을 겪어보지 못한 그녀는 허탈해하기도 했지만 그간의 노력이 없었다면 이처럼 단기간에 뛰어난 성취를 보이지 못했을 것이다.

무공이 한 단계 발전함에 따라 더위나 추위 등 기온의 변화에 크게 영향을 받지 않는 단계까지 접어든 것이다.

"가가도 그런가요?"

"저도 그렇죠."

"언제부터요?"

"음, 제법 됐을 겁니다. 정확하게는 모르겠군요."

"이 좋은 걸 혼자서만……."

설시연의 반응에 서윤은 또 한 번 웃음을 터뜨렸다. 그런 그녀의 모습이 귀여워 보였다.

"숭산(嵩山)이 가까워서 그런가, 여기는 분위기도 편한 것 같네요. 다른 곳은 긴장감도 크고 불안감도 제법 깔려 있더 니."

설시연이 주변을 둘러보며 말했다.

확실히 다른 지역의 사람들에 비해 이곳 사람들의 표정은 한결 편안해 보였다. 마치 다른 세상을 살아가는 사람들처럼.

"아무래도 소림이 근처에 있으니 불안감이 덜하겠죠."

서윤의 말에 설시연이 고개를 끄덕이며 먼 곳을 바라보았 다. 그곳에는 중원무림의 최고봉이라는 소림사가 자리 잡은 숭산이 그 웅장한 기세를 뽐내고 있었다.

숭산이 가까워질수록 두 사람은 산이 뿜어내는 기운에 연 신 감탄하고 있었다.

이런 산에 자리 잡았기에 천 년을 이어온 소림사가 중원무 림에서 꼭대기의 자리를 유지하고 있는 것이라 생각되었다.

"괜히 경건해지네요."

"불교의 성지니까. 이곳에 오면 적들도 절로 경건해지지 않 을까 싶기도 하고 그러네요."

서윤의 말에 설시연이 미소를 지었다. '정말 그렇게 되면 얼 마나 좋을까?' 하는 생각이 머릿속에 떠올랐다.

숭산을 오르는 두 사람의 발걸음은 빠르지 않았다.

특유의 분위기 때문이기도 했지만 괜히 다급하게 숭산을 올라 긴장감을 조성하고 싶지 않은 마음 때문이기도 했다.

두 사람이 소림사의 산문에 도착하자 나이가 지긋한 승려 한 명이 조용히 다가왔다.

"아미타불. 두 분 시주께서는 무슨 일로 소림을 찾으셨습니까?"

"천보를 만나러 왔습니다."

서윤이 공손히 합장하며 말했다. 천보를 찾는다는 말에 승려의 두 눈에 이채가 서렸다.

"혹시 서윤 시주가 아니십니까?"

"그렇습니다. 제가 서윤입니다."

"이렇게 만나게 되어 반갑습니다. 기다리고 있었습니다."

승려가 인자한 미소를 지으며 말했다. 그러자 설시연이 고개를 갸웃거리며 물었다.

"기다리고 있었다고요?"

"그렇습니다. 정확히는 사질이 기다리고 있었다는 게 맞겠군요. 저는 원광(圓光)이라 합니다. 천보의 사숙이 됩니다."

"아, 그러시군요. 저를 천보에게 안내해 주실 수 있겠습니까?"

"물론입니다. 따라오십시오."

원광이 앞장을 섰고 서윤과 설시연이 조심스럽게 그 뒤를 따랐다.

　소림사 내원 깊숙한 곳에 있는 소림승들의 거처에 도착한 원광이 두 사람을 잠시 기다리게 하고는 가장 끝에 있는 방으로 향했다.

　"천보, 안에 있느냐?"

　"예, 사숙."

　원광의 말에 문이 열리고 천보가 모습을 드러냈다.

　"기다리던 분이 도착했느니라."

　"예?"

　원광의 말에 살짝 놀란 천보가 고개를 돌렸다. 그 자리에는 밝은 미소를 짓고 있는 서윤과 설시연이 서 있었다.

　천보 역시 미소를 지은 채 서윤에게로 향했다.

　오랜만에 만나는 것임에도 부둥켜안고 반가워하거나 하지는 않았다. 오히려 더욱 덤덤하고 차분하게 서로 인사를 나누었다.

　"오랜만입니다, 시주. 설 시주도 오랜만이군요. 예전에 비해 더 아름다워지신 것 같습니다."

　천보의 말에 설시연이 미소로 화답했다.

　"일찍 찾아왔어야 하는데 늦었습니다."

　"아닙니다. 사연이 있었겠지요. 억지로 만나려 한다고 만날 수 있는 것이 아니지요. 이렇게 때가 되면 만나게 되지 않습니까?"

천보의 말에 서윤이 미소와 함께 고개를 끄덕였다.

"그간 수양이 깊어지신 것 같습니다."

"이제야 조금 발을 담근 것뿐입니다. 자, 일단 안으로 드시지요."

천보가 두 사람을 자신의 방으로 데려갔다. 아담한 크기의 방이라 셋이 들어앉으니 꽉 차는 느낌이다.

"폐관에 들었다고 들었습니다. 성과가 있으셨던 모양이군요."

"예, 성과가 있었습니다."

"축하드립니다."

"감사합니다."

서윤의 대답에 천보가 두 사람의 찻잔에 차를 따랐다.

"그간 고생이 많으셨다고 들었습니다."

서윤은 호걸개를 통해 천보와 조원들이 그간 어떤 일을 겪었는지 대략적으로 들어 알고 있었다.

하지만 그럼에도 직접 천보의 입으로 듣고 싶은 마음이 컸다.

"다들 열심히 수련했고 성취도 있었습니다. 하지만 정신적으로 육체적으로 너무 한계에 몰려 있던 터라 맹주님께 허락을 받고 이렇게 흩어져 있었습니다."

천보의 대답에 서윤이 고개를 끄덕였다.

"고생 많으셨습니다. 저 때문에 심적으로도 많이 힘드셨을 텐데 더 일찍 연통하지 못해 죄송합니다."

"아닙니다."

그에 고개를 끄덕인 서윤이 본론을 꺼냈다.

"다른 조원들에게는 무림맹과 개방을 통해 기별을 넣었습니다. 모두가 무림맹으로 모이고 있을 겁니다. 그래도 이곳은 제가 직접 찾아와야 할 것 같아 따로 연통하지 않고 이렇게 찾아왔습니다."

"그랬군요."

천보가 미소를 지었다. 다들 어떻게 살고 있는지, 어떻게 변했을지 너무나 궁금했다.

전우 이상의 끈끈함을 가지고 있는 그들. 아직도 한 명 한 명의 얼굴이 너무나도 생생하게 머릿속에 남아 있다.

"함께 가시겠습니까?"

서윤의 물음에 천보가 가만히 고개를 저었다. 그에 서윤과 설시연의 표정에 당혹감이 묻어났다.

설마 그가 고개를 저을 것이라 생각지 못한 까닭이다.

"질문이 잘못되었습니다."

"예?"

"저도 그렇고 조원 모두 서윤 시주가 찾으면 언제든 움직일 준비가 되어 있지요. 그러니 그 질문은 무의미한 질문입니다. 오히려 지금 당장 출발할 수 있겠느냐고 물으셨어야지요."

천보의 말에 서윤이 작은 한숨과 함께 미소를 지었다. 그러고는 그의 말처럼 질문을 다시 했다.

"지금 바로 출발하실 수 있겠습니까?"

"물론입니다."

서윤의 질문에 천보가 미소와 함께 조금의 망설임도 없이 곧바로 그러겠노라 대답했다.

*       *       *

소림사 방장실(方丈室) 앞.

천보의 스승인 원명(元明)이 조용히 다가와 그 앞에서 고개를 숙였다.

"방장님, 원명입니다."

"간 게로구나."

문이 열리지 않았음에도 마치 바로 옆에서 말하듯 목소리가 들려왔다.

"예, 그렇습니다. 인사드리고 떠난다는 것을 굳이 그러지 말라 일렀습니다."

"잘했다. 그 아이는 소림의 제자이지만 소림의 손으로 키우지 않았다. 세상이, 함께하는 동료들이, 그리고 스스로 자란 아이다. 그 아이라면 소림에 새로운 바람을 불러일으키겠지."

방장의 말에 원명은 마음속으로 울컥했다.

그 말 한마디 안에 천보에 대한 기대가 느껴졌기 때문이다.

소림 내 같은 항렬 중에서도 천보는 두드러지는 제자가 아니었다. 평균 정도라 할 수 있었다.

하지만 천보는 자신보다 뛰어난 실력을 가진 자들보다 더 많은 경험을 하고 더 많은 깨달음을 얻었다. 그것이 천보를 특별하게 만들고 누구나 기대를 하게 만들었다.

비록 천보 스스로가 얻고 깨달은 것이 자신의 가르침보다 더 많았지만 천보의 스승으로서 감격스럽지 않을 수가 없었다.

"우리도 서둘러 준비를 해야겠구나. 언제까지고 소림이 숭산에 틀어박혀 최후의 보루로 남아 있어서는 안 될 것이다. 큰 희생을 감수하더라도 전면에 나설 때가 되었구나."

"예, 알겠습니다. 그리 전하겠습니다."

"그래, 좀 더 일찍 결정을 내렸어야 하는데. 이러고도 방장의 자리에 있는 내가 부끄럽기 짝이 없구나."

"아닙니다. 그런 생각 마십시오."

그 말을 남긴 원명이 합장과 함께 고개를 숙이고는 방장실에서 멀어졌다.

후개의 자리에 오른 호걸개는 바쁜 나날을 보냈다.

어느 정도 예상은 했지만 생각한 것 이상으로 개방 곳곳에 묵걸개의 그림자가 드리워져 있었다.

그것들을 빠르게 걷어내면서도 정보망을 정상화해야 했기에 잠도 제대로 자지 못할 정도였다.

그러나 몸은 힘들었지만 마음은 오히려 편했다.

지금은 힘들지만 이 시기가 지나고 나면 개방은 다시금 수십 년간 평온할 것이라는 희망 때문이다.

방주의 선언 때문인지 장로들은 호걸개의 명령을 군말 없이 따랐다.

장로들의 그런 태도와 협조 덕분에 호걸개는 그나마 조금은 수월하게 일을 진행할 수 있었다.

만약 나이도 많고 개방에 오랜 시간 몸담고 있던 장로들이 호걸개에게 형식적으로 협조하거나 비협조적으로 나왔다면 험난한 가시밭길이 되었을지도 모른다.

하지만 그들 모두가 개방에 충성하는 인물들이었고 호걸개가 후개가 된 것에 큰 불만이 없었기에 그에게 더욱 열을 다해 협조하고 있었다.

그 덕분일까. 호걸개가 후개가 된 이후로 개방은 빠른 속도로 정상화되어 갔으며 그와 동시에 지금까지 제대로 파악하지 못하고 있던 정보들이 물밀듯이 밀려들어 오고 있었다.

그것들을 보며 호걸개는 현 무림의 상황을 더욱 정확하게 알 수 있었고, 적지 않은 충격을 받았다.

중원무림을 하얀 종이라고 친다면 반절 이상은 검은색 먹물이 칠해져 있는 것이나 다름이 없었다.

생각보다 많은 중소 문파가 멸문지화를 당했고, 마도 세력은 최대한 은밀하게, 그러면서도 빠르게 그 세력을 넓혀가고 있었다.

지금껏 이런 것들이 제대로 알려지지 않았으니 대처하지 못하는 것은 당연했다.

어느 정도 현 상황을 냉정하게 판단할 수 있는 상황이 되자 호걸개는 곧장 무림맹과 정보 공유에 들어갔다.

어쨌든 현 상황에서 문파들을 통솔하고 그에 맞는 대처를 하는 것은 무림맹이 할 수밖에 없었기 때문이다.

"한빙곡에 패왕문, 음귀곡, 그리고 마교. 난장판이로구만."

호걸개가 올라온 보고서를 보며 중얼거렸다. 하지만 한가하게 한탄이나 하고 있을 시간이 없었다.

"밖에 아무나 들어와 봐!"

호걸개의 외침에 밖에서 젊은 거지 한 명이 들어왔다.

"서윤은?"

"소림에 있다고 합니다."

"소림인가. 잠깐, 소림이라고?"

보고를 받은 호걸개가 화들짝 놀라며 자신의 책상에 어지럽게 흩어져 있는 보고서들을 뒤적였다.

빠르게 눈으로 훑으며 보고서를 확인하던 호걸개가 다급하게 외쳤다.

"지금 즉시 숭산 쪽에 연통 넣어! 소림이 위험하다! 전서구를 띄우든 뭐든 최대한 빨리!"

"예!"

호걸개의 명령에 젊은 거지가 서둘러 밖으로 달려 나갔다.

"젠장!"

호걸개가 낮게 읊조리며 손에 쥐고 있던 보고서를 구겨 쥐었다.

*　　　*　　　*

서윤과 설시연, 천보는 마치 유람하듯 숭산을 내려오고 있었다.

어차피 조원들이 모두 무림맹에 모이려면 시간이 좀 걸리는 만큼 상대적으로 가까운 거리에 있는 셋은 다급하게 움직일

이유가 없었다.

천보의 안내에 따라 숭산 곳곳을 둘러보며 내려온 세 사람은 숭산 가까운 곳에 위치한 음식점으로 들어갔다.

크기가 크지 않고 소박한 분위기를 풍기는 것이 우인의 가게를 연상시켰다.

'그 녀석들, 잘 있으려나?'

시간적으로 여유가 있으면 한번 가보고 싶었다.

혹시나 무슨 일이 있지는 않을까 하는 걱정은 있었지만 애써 아무 일도 없을 것이라며 마음을 다잡고 있었다.

육식을 하지 않는 천보를 배려해 세 사람은 고기가 들어가지 않은 음식을 주문했다.

"소림이 있어서 그런가요? 그 분위기를 닮아서 그런지 이곳 마을도 굉장히 조용한 것 같네요."

설시연의 말에 서윤도 고개를 끄덕였다. 그러자 천보가 미소를 지으며 말했다.

"전체적으로 조용한 편이지요. 그래도 소림에서 이런 저런 불교 행사를 할 때에는 제법 사람들로 북적입니다. 상황이 상황인지라 그런 것을 하지 않은 지 꽤 됐지만 말입니다."

"그렇군요. 나름 그런 행사들이 이곳 사람들 생계랑 연관이 되어 있을 텐데……."

설시연의 말에 천보가 미소를 지었다.

"상가의 여식은 다르군요. 맞습니다. 이곳 사람들에게 그런 행사는 생계에 큰 영향을 끼치지요. 그러니 한시라도 빨리 이 난세가 끝나야 합니다. 뭐, 어찌 보면 이 난리 속에서도 이곳 은 아직 멀쩡하니 그것만으로도 다행이라 생각해야 할지도 모르겠군요."

"아직까지 저들의 손이 닿지 않은 이런 곳이 줄어들지 않도 록 하는 것이 우리의 일일 겁니다."

"어깨가 무거워지는군요."

"부담이 되겠지만 결국은 우리가 짊어져야 하는 책임입니 다."

서윤의 말에 천보도 고개를 끄덕였다. 그러는 사이 주문한 음식이 나왔다.

음식을 보자마자 먼저 한 젓가락 먹어본 설시연이 눈을 동 그랗게 떴다.

"생각보다 맛있는데요?"

"생각보다?"

서윤의 물음에 고개를 끄덕인 설시연이 한 젓가락 더 먹으 며 말했다.

"사실 고기가 조금도 안 들어간 음식이 얼마나 맛있을까 싶 었거든요."

"채소로 만든 음식도 나름의 매력이 있지요. 한번 빠지면 헤어 나올 수 없을 정도로."

"그럴 수도 있겠다 싶어요."

설시연이 천보의 말에 동의하면서 쉬지 않고 젓가락을 움직
였다. 그 모습을 서윤은 미소 지은 채 물끄러미 바라보았다.


식사를 마친 세 사람은 무림맹으로 발걸음을 옮겼다.

숭산을 내려올 때보다는 조금 빠른 속도였는데, 시간적 여
유가 있다고는 하나 지금 상황 자체가 마냥 여유 부릴 정도는
아니었기 때문이다.

조원들이 모두 모이면 그들과 함께 임무를 맡는 것이 기본
적인 생각이지만 그전에라도 급한 임무가 생기면 움직일 수밖
에 없었다.

"잠깐만 기다려 주십시오!"

마을에서 제법 멀어졌을 때 세 사람을 부르는 소리가 들렸
다. 뒤를 돌아보니 숨을 헐떡이며 달려오는 거지 한 명이 보였
다.

"개방?"

"예, 개방에서 왔습니다. 후개께서 전하라는 말씀이 있었습
니다."

"후개가?"

"예."

서윤의 물음에 한차례 숨을 고른 그가 말을 이었다.

"소림이 위험하다고 합니다."

"소림이?"

거지의 입에서 나온 말에 세 사람은 깜짝 놀랐다. 얼마 전까지 숭산 근처에 있었기 때문이다.

"적은 누구랍니까? 일시는?"

"음귀곡이라고 합니다. 예상대로라면 내일쯤으로 생각되지만 확실치는 않습니다."

"확실치 않다는 건 더 빨라질 수도 있다는 겁니까?"

"그렇습니다."

거지의 말에 세 사람은 시선을 교차했다. 지금은 무림맹에 가는 것보다 소림의 일이 더욱 급했다.

"알겠습니다. 혹시 다른 것을 알게 되면 바로 연락 바랍니다."

"예!"

볼일을 마친 거지가 서둘러 그 자리를 떠났다.

"우리는 일단 소림으로 돌아가지요. 예상이 내일이고 그보다 더 빨라질 수도 있다면 시간적 여유가 별로 없습니다."

"나무아미타불."

천보가 굳은 표정으로 염불을 외웠다. 설마하니 적들이 직접 소림을 칠 것이라는 생각은 하지 못한 까닭이다.

하지만 잘 생각해 보면 화산과 종남, 공동 역시 직접적으로 친 그들이니 소림이라고 공격하지 말라는 법은 없었다.

"여기서 이럴 게 아니라 서둘러요."

설시연의 말에 세 사람은 왔던 길을 되돌아 빠른 속도로 소림으로 향했다.

"스승님!"

소림사 산문에 다다른 천보는 멀리 보이는 원명의 모습에 다급한 목소리로 그를 불렀다.

"아니, 네가 어찌……."

천보의 모습을 본 원명이 놀란 표정을 지었다.

"스승님, 소림이 위험합니다."

"알고 있다. 개방에서 전갈이 왔더구나. 방장께서도 만반의 대비를 하라 이르셨다. 그것 때문에 돌아온 게냐?"

원명의 말에 천보가 고개를 끄덕였다.

"너는 더 큰 일을 해야 할 사람이니라. 한데 어찌……."

"큰일을 하여 공을 세우고 명성을 얻는다 한들 뿌리인 사문이 온전하지 못하면 무슨 소용이겠습니까? 이미 무림맹에 도착해 있었다면 또 모르겠지만 그것이 아니라면 응당 미약한 힘이라도 보태기 위해 달려와야지요."

천보의 말에 원명은 그의 뒤에 서 있는 서윤과 설시연을 보며 미소를 지었다.

"미약한 힘은 아닌 듯하구나. 어쨌든 고맙고 미안하구나."

"아닙니다. 그런 말씀 마십시오."

"그래, 일단 두 시주를 모시고 들어가거라. 난 곧장 나한전(羅漢殿)으로 가봐야 한다."

"예."

원명이 다급하게 발걸음을 옮기자 천보와 서윤, 설시연도 서둘러 소림사로 들어섰다.


소림사 내에서 천보의 위치는 애매했다.

나한전에 속한 것도 아니고 그렇다고 일반 무승(武僧)이라 보기에도 애매했다. 일찍이 무림맹에 차출되어 나간 까닭이다.

그러다 보니 지금도 어정쩡하게 소림사 경내를 돌아다니고 있었다.

그런 세 사람을 보고도 소림 승려들은 크게 신경 쓰지 않았다. 당장 자신들 할 일이 급한 것도 있었고 천보는 손님인 서윤, 설시연과 함께 있기 때문이었다.

"애매하군요. 괜히 방해가 되는 건 아닌지 모르겠습니다."

"아닙니다. 이렇게 된 것, 소림사 내부가 어떤 구조로 되어 있는지 파악해 두시는 것도 좋을 듯합니다."

천보의 말에 서윤이 고개를 끄덕였다.

전투가 벌어지면 얌전히 한곳에서만 싸우지는 않을 것이다. 그렇다면 소림사 경내가 어떤 구조로 되어 있는지 자세히 봐 두는 것은 분명 이점으로 작용할 수 있었다.

서윤과 설시연은 천보의 안내에 따라 소림사 곳곳을 돌아다니며 눈과 머리에 구조를 담아두려 노력했다.

[차라리 우리가 산문 밖에서 일차 저지선 역할을 하는 건 어때요?]

한참을 돌아다니던 설시연이 슬쩍 서윤에게 전음을 보냈다. 그에 서윤도 계속해서 주변을 둘러보며 전음으로 답했다.

[괜찮겠어요?]
[괜찮아요. 소림사에 들어와 직접 보니 전투 때문에 이 건물들, 이 풍경들이 망가지는 게 너무 아깝다는 생각이 들어요. 우리가 앞에서 막을 수 있을 만큼 막아주면 조금이라도 피해가 덜하지 않을까 싶어서……]

설시연의 마음 씀씀이에 서윤은 미소를 지었다. 그러고는 앞서 걷는 천보에게 말했다.

"잠시 드릴 말씀이 있습니다."

서윤의 말에 천보가 발걸음을 멈추고 서윤을 돌아보았다.

"말씀하시지요."

"제가 산문 밖에서 일차 저지선 역할을 하겠습니다."

서윤의 말에 천보가 놀란 표정으로 그를 바라보았다. 그건 의견을 낸 설시연 역시 마찬가지였다.

그녀의 생각은 자신도 서윤과 함께 산문 밖에서 적들을 막아내는 것이었다. 그런데 서윤이 혼자 나가겠다고 하니 놀랄 수밖에 없었다.

"위험합니다."

"위험해요."

천보와 설시연 두 사람이 동시에 말했다. 그에 서윤이 웃으며 대답했다.

"괜찮습니다. 제가 이룬 성과를 시험해 보기도 할 겸 앞에 나가 적당히 상대해 보겠습니다."

"혼자는 안 돼요. 저도 함께 가요."

"누이는 위험합니다. 그러니 안쪽에 있어요."

"내 고집 몰라요? 절대 안 돼요."

설시연의 고집에 서윤이 옅은 미소를 지었다.

"두 분 다 안 됩니다. 위험합니다. 음귀곡이라면 실혼인들이 잔뜩 몰려올 겁니다. 그 실혼인들을 단둘이 막는 건 불가능합니다."

"지금까지 불가능하다고 생각한 것들이 가능해지는 걸 많이 봐왔습니다. 누구나 죽었다고 생각하던 제가 살아 돌아온 것만 봐도 그렇지 않습니까?"

서윤의 말에 천보는 불안한 표정을 지었다.

"다시 한 번 말하지만 혼자서는 안 돼요. 같이.해요."

설시연이 같이에 힘을 주어 말했다. 그러자 서윤이 작게 한숨을 쉬고는 고개를 끄덕였다.

"무리할 생각은 없습니다. 적당히 저들을 좀 막다가 안쪽으로 유인하겠습니다. 그래야 천년 소림의 역사가 깃든 이곳이 조금이라도 피해를 덜 입을 것 아니겠습니까?"

서윤의 말에 천보가 미안한 표정을 지었다. 예전에도 그랬고 지금도 그렇고 서윤은 항상 자신을 미안하게 만드는 것 같았다.

"허허허, 시주의 마음은 하해와 같이 넓군요."

그때 낯선 목소리가 들렸다.

그 목소리의 주인공을 본 천보는 얼른 합장과 함께 고개를 숙였다.

"제자 천보가 방장을 뵙습니다."

"서윤입니다."

"설시연이라고 합니다."

생불(生佛)이라 불러도 전혀 이상하지 않을 것 같은 방장의 모습에 서윤과 설시연도 얼른 합장과 함께 허리를 굽혔다.

"그렇게 예를 차리지 않으셔도 됩니다. 그저 자리만 차지하고 앉아 있는 늙은 땡중에 불과하니."

방장의 말에 서윤은 옅은 미소를 지었다.

"우선 소림의 가장 웃어른으로서 시주의 마음에 감사의 말씀을 드리겠습니다."

"아닙니다."

"하나 시주의 마음은 말 그대로 마음으로만 받겠습니다."

"어째서……."

서윤의 반응에 방장이 온화한 미소와 함께 말을 이었다.

"저 역시 천년의 역사를 간직한 이곳이 폐허가 되는 것은 원치 않습니다. 그렇게 된다면 먼저 성불하신 조사님들을 뵐 면목이 없지요. 하지만 그 모든 것은 소림의 힘으로 해야 할 일입니다. 앞 선에서 적들을 막아서는 것도 소림이 해야 할 일이요, 그 마지막을 책임지는 것도 소림이어야 합니다. 산문 밖으로는 십팔나한이 나서겠습니다."

방장의 말에 서윤이 미소와 함께 고개를 저었다.

"사실 전 강호에 나온 지도 오래되지 않았고 강호의 법도나 생활에도 익숙지 않습니다. 아는 것이 많지 않지요. 하지만 짧게나마 이곳을 둘러보고 느꼈습니다. 소림의 역사는 비단 소림의 것만이 아니라는 점을 말입니다. 소림의 역사는 곧 중원 무림의 역사입니다. 그렇다면 소림의 힘으로만 지켜낼 것이 아니라는 것이지요. 소림이 무림의 위기에 적극적으로 나서지 못한 것도, 그리고 그것을 그 누구도 탓하지 않은 것도 그 이유 때문이 아니겠습니까?"

공손하면서도 단호한 서윤의 말에 방장의 입가에 기쁜 미소가 번졌다.

"알아주셔서 감사합니다. 하지만 두 분에게만 그 큰 짐을 지우는 건 저 역시도 원치 않습니다."

그렇게 말한 방장이 천보를 바라보았다.

"천보는 듣거라."

"예. 방장님."

"지금의 네 성취로는 힘들 수도 있다. 목숨을 잃을 수도 있고 저분들에게 짐이 될 수도 있을 것이다. 그만큼 어려운 일이고 큰 짐이니라. 그것, 네가 한번 감당해 보겠느냐?"

방장의 말에 천보가 슬며시 고개를 들어 그의 얼굴을 바라보았다.

"물론입니다."

"그럼 함께 가거라. 넌 소림의 한 축이니라. 소림의 기둥이 얼마나 단단하고 강한지 저들에게 보여주거라."

"명심하겠습니다."

두 사람의 대화를 듣고 있는 서윤의 얼굴에 복잡한 표정이
드러났다. 그런 그에게 설시연이 나직이 말했다.

"모든 걸 혼자 짊어지지 않아도 돼요. 나눠 지면 더 좋을 거
예요."

설시연의 말에 서윤이 고개를 끄덕였다. 그런 그의 손을 설
시연은 가만히, 그리고 힘주어 잡아주었다.

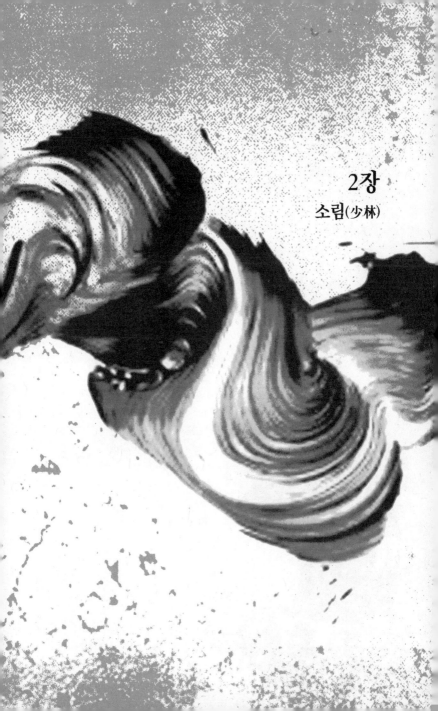

# 2장
## 소림(少林)

風神 徐闓

풍신서윤

소림의 산문 앞.

불어오는 바람을 맞으며 세 사람이 서 있다.

한 사람은 천보요, 다른 두 사람은 서윤과 설시연이었다.

그들은 아무것도 보이지 않는 산문 앞쪽을 계속해서 응시하고 있었다. 개방에서 온 정보대로라면 곧 음귀곡이 도착할 시간이다.

"가까워지고 있는 모양입니다."

서윤이 숭산 전체에 조금씩 짙어지고 있는 음산한 기운을 느끼며 말했다.

서윤만큼 또렷하게는 아니지만 설시연 역시 그 기운을 느끼며 고개를 끄덕였다.

곧 적들이 들이닥칠 것이라는 생각 때문인지 설시연은 갑자기 긴장감이 몰려오는 것을 느꼈다.

설시연의 그런 변화를 느꼈을까, 서윤이 가만히 그녀의 손을 잡아주었다.

서윤이 손을 잡자 설시연은 마음이 안정되는 것을 느끼며 미소를 지었다.

쿵! 쿵! 쿵!

멀리서 묵직한 소리가 들려오기 시작했다. 그 소리를 들은 세 사람의 표정이 딱딱하게 굳었다.

"옵니다."

서윤이 중얼거렸다. 그가 말하지 않아도 천보와 설시연은 이미 전투 준비에 들어간 상태였다.

"잘 들으십시오. 실혼인의 약점은 관절입니다. 저 혼자 많은 실혼인을 맡을 수는 없을 겁니다. 호흡이 중요합니다. 제가 상대하다가 뒤로 넘기면 둘이 끝내는 겁니다."

"알았어요."

"알겠습니다."

서윤의 말에 설시연과 천보가 대답했다. 지금 상황에서 서윤의 의견에 반대할 사람은 아무도 없었다.

"준비하십시오."

적의 기척이 부쩍 가까워진 것을 느끼며 서윤이 중얼거리 듯 말했다.

서윤은 품속에서 장갑을 꺼내 끼며 서서히 진기를 끌어 올 렸고, 설시연 역시 백아를 뽑아 들었다.

"처음부터 전력으로 부딪칠 겁니다. 방어가 우선, 공격은 그 다음입니다."

그렇게 말하며 서윤이 쏘아져 나갔다. 그런 그의 앞쪽으로 무시무시한 기세를 뿜어내고 있는 실혼인들이 보이기 시작했 다.

콰쾅!

서윤은 처음부터 진기를 실은 초식들을 뿌려대기 시작했 다.

상단전을 온전히 활용할 수 있게 되고 오기조원의 경지에 오른 서윤의 공격은 이전과 차원이 달랐다.

서윤의 주먹에 정통으로 맞은 실혼인들이 뒤쪽으로 날아가 며 다른 실혼인들과 뒤엉켰다.

진형이 흔들리자 실혼인들이 순간적으로 당황한 기색을 보 였고, 서윤은 그 틈을 놓치지 않고 더욱 파고들었다.

진기를 끌어 올림과 동시에 서윤의 주먹이 뻗어 나갔다.

초식의 움직임에 맞춰 서윤의 주먹에 실려 있던 기운이 사방으로 쏟아져 나갔다.

묵직하게 응축되어 있는 권기의 폭풍이 실혼인들을 덮쳐가기 시작했다.

콰콰콰콰콰!

마치 땅을 긁어내는 것 같은 소리가 울리며 실혼인들을 휩쓸었다.

정신없이 실혼인을 몰아치는 서윤.

그런 서윤을 천보와 설시연은 뒤쪽에서 초조하게 바라보고 있었다.

"도와야 하지 않겠습니까?"

천보가 걱정스럽다는 듯 물었다. 지금이야 실혼인들이 혼란에 빠져 제대로 된 공격이나 방어를 하지 못하고 있다지만 현재 서윤은 적진 한복판에 고립되어 있는 형국이나 마찬가지였다.

"아니요. 아직 아니에요."

하지만 설시연은 침착한 표정으로 고개를 저었다.

천보의 말처럼 '도와야 하지 않을까?' 하는 생각을 하긴 했으나 그녀는 서윤을 믿었다.

위험한 상황이 오면 적절히 몸을 빼내고 아까 말한 대로 적들을 상대할 것이다.

천보는 물끄러미 설시연의 옆모습을 바라보았다.

덤덤한 표정이었으나 그녀의 시선은 서윤의 움직임을 한순간도 놓치지 않으려는 듯 분주하게 움직이고 있었다.

'대단하구나.'

그렇게 속으로 중얼거리며 천보도 스스로 마음을 다잡았다.


서윤의 선공은 분명 효과를 보았다.

많은 숫자는 아니었으나 실혼인들 일부가 제대로 움직이지 못하고 있었다.

관절이 유일한 약점이라고는 하나 강력한 위력의 공격 앞에 단단한 몸뚱이도 온전한 효과를 발휘하지 못하고 있었다.

하지만 선공의 효과는 오래가지 못했다.

뒤쪽에서 계속해서 밀고 오는 실혼인들은 제대로 전열을 정비한 채로 서윤에게 공격을 감행했다.

서윤은 쾌풍보를 극성으로 펼쳤다.

실혼인들 사이를 헤집고 다니며 최대한 그들의 발걸음을 저지하기 위해 연신 권기를 뿌려댔다.

콰콰쾅!

서윤이 뿌린 권기가 연이어 실혼인들을 강타했다.

'제법이네.'

서윤의 권기에 정통으로 맞은 실혼인들은 뒤로 밀려나기는 했지만 아까처럼 정신없이 넘어지고 부딪치지는 않았다.

서윤이 펼쳐내는 공격의 위력이 줄었다기보다는 실혼인들이 제대로 대비했다는 편이 옳았다.

'어이쿠!'

잠시 다른 생각을 하는 사이, 실혼인들의 날카로운 공격이 이어졌다.

서윤은 화들짝 놀라며 뒤쪽으로 몸을 빼냈다.

'제대로.'

서윤의 눈빛이 날카롭게 빛났다. 그러고는 빠르게 다가오는 실혼인들의 관절을 살피며 속도를 높였다.

쾌풍보를 펼치는 서윤이 마치 광풍처럼 실혼인들 사이로 파고들었다.

쾅! 쾅! 쾅!

서윤의 주먹이 정확하게 실혼인들의 어깨를 강타했다. 빗나감 없이 정확하게 꽂히는 일격이었다.

실혼인들이 비틀거렸다.

하지만 큰 충격을 받지는 않은 듯 이내 다시금 공격을 펼쳤다.

'내구력이 더 좋아졌어?'

이전보다 더 강한 일격으로 관절을 공격했음에도 삐걱거림 없이 곧바로 반격을 가해왔다.

'이래서 소림을 치겠다는 생각을 한 거로군.'

서윤은 실혼인들의 공격을 피하며 슬쩍 천보와 설시연을
바라보았다.

[안으로 들어가요! 생각보다 강합니다!]

[혼자 상대하겠다고요?]

[저도 곧 따라 들어갈 겁니다. 얼른 안쪽에 지금 본 것들을
다 전달해요.]

서윤의 전음에 설시연이 아랫입술을 깨물었다. 그녀의 눈동
자는 심하게 흔들리고 있었다.

지금까지는 서윤 혼자 실혼인들을 상대하고는 있었으나 이
대로 그냥 두고 안으로 들어가도 되는지 망설여졌다.

[어서!]

재촉하는 서윤의 전음이 한 차례 더 들려왔다. 그러면서도
서윤은 실혼인들을 향해 연신 공격을 펼치고 있었다.

"들어가요. 생각보다 실혼인들이 강하대요. 안쪽에 전하고
대비해야겠어요."

"그냥 들어가도 되겠습니까?"

"가가도 곧 따라 들어올 거예요. 우리는 일단 들어가죠."

설시연의 말에 천보가 걱정스러운 눈빛으로 서윤 쪽을 바라보았다.

안 그래도 일전에 잠깐 봤을 때보다 실혼인들이 강해진 것 같아 걱정하고 있는 찰나에 설시연의 들어가자는 말을 들으니 더욱 걱정이 된 것이다.

"가죠."

설시연이 먼저 몸을 돌렸고 잠시 망설이던 천보도 뒤따라 산문을 통해 안으로 들어갔다.

뒤쪽에서 서윤이 펼친 공격으로 인해 퍼지는 폭음이 연이어 들려왔다.

두 사람은 안으로 들어간 후 곧장 산문을 닫았다.

그러고는 대비하고 있는 소림승들에게 밖의 상황을 전달했다.

안쪽에서 방어벽을 치고 있는 소림승들도 계속해서 들려오는 폭음에 어느 정도는 심각성을 인지하고 있었다.

모두가 긴장한 표정으로 산문을 쳐다보았다.

그리고 얼마 후, 산문 밖에서 들리던 폭음이 멈췄다. 고요한 분위기가 감도는 그때였다.

파팍!

누군가가 산문을 뛰어넘어 안쪽으로 들어왔다.

"뒤쪽으로 물러서십시오!"

산문을 뛰어넘은 이는 서윤이었다. 물러서라는 외침과 동시에 착지한 서윤이 산문 쪽으로 땅을 박차고 쏘아갔다.

콰지직!

산문이 박살 났다.

그와 동시에 좁은 산문을 통해 실혼인들이 밀려들어 왔다.

산문 쪽으로 쏘아져 나가는 서윤의 주먹에는 진기가 가득 모여 있었다.

콰가가강!

서윤의 주먹에 한가득 응축되어 있던 진기가 굉음과 함께 터져 나갔다.

광풍난무의 초식.

위력적인 초식에 산문을 중심으로 담벼락 일부가 부서져 나갔다.

서윤이 펼치는 광풍난무의 초식을 처음 본 소림승들은 넋을 잃고 그 광경을 바라보고 있었다.

광풍난무의 초식이 휩쓸고 간 건 산문뿐만이 아니었다.

실혼인들은 넝마가 되어 쓰러져 있고, 그 뒤쪽에는 나머지 실혼인들이 쉽사리 달려들지 못한 채 주춤거리고 있었다.

"후……."

서윤이 깊은 한숨을 내쉬었다. 하지만 예전처럼 초식을 쓰고 난 후에 진기가 훅 빠져나가거나 지쳐 쓰러지지는 않았다.

'좋아.'

서윤이 주먹을 불끈 쥐었다.

쓰러져 있는 실혼인들 중 일부는 힘겹게나마 몸을 일으키고 있었고, 뒤쪽에서 주춤거리고 있던 실혼인들은 금방이라도 달려들 준비를 하고 있었다.

서윤이 다시 진기를 끌어 올렸다.

마음만 먹으면 어렵지 않게 적들을 해치울 수 있을 것 같았다.

하지만 그들이 정도무림의 정신적 지주라는 소림을 치려고 할 때에는 그만한 준비를 했을 터.

서윤의 표정이 급격히 굳었다.

지금까지 상대한 실혼인들이 전부인 줄 알았다. 그런데 그들이 전부가 아니었다.

그 뒤쪽으로 족히 서른 명이 넘어 보이는 실혼인들이 더 올라오고 있었다.

이대로라면 뒤쪽에 얼마나 더 많은 실혼인이 있을지 알 수가 없었다.

그때였다.

슈슉!

마치 살수들이 움직이듯 은밀하고 빠르게 소림사 경내로

달려드는 기척이 느껴졌다.

"조심하십시오!"

서윤이 다급하게 소리쳤다.

하지만 이미 빠르게 들어온 실혼인들이 소림승들을 향해 날카로운 공격을 시작하고 있었다.

서윤의 시선이 한 명에게 닿았다.

낯익은 얼굴. 서윤의 눈동자가 심하게 흔들렸다.

"서시!"

서윤의 입에서 봉황곡주의 이름이 터져 나왔다.

양손에 단도를 들고 소림승들 사이를 휘젓고 다니는 서시는 서윤의 부름을 듣지 못한 듯했다.

그때 그녀에게 빠르게 다가서는 이가 있었다.

깡!

청명한 금속음이 주변으로 퍼져 나갔다.

두 개의 단도를 교차해 막아낸 것은 설시연의 백아였다.

잠깐이긴 했지만 서시의 얼굴을 본 적이 있는 설시연은 서윤이 그녀의 이름을 부르자 곧장 백아를 들고 그녀에게 다가간 것이다.

"당신이군요. 가가의 곁에 있던 사람이."

설시연이 차갑게 말했다. 다른 악감정이 있는 것은 아니지만 오랜 시간 서윤과 동행했다는 사실 하나만으로도 설시연은 그녀가 마음에 들지 않았다.

서윤은 설시연이 서시와 붙은 것을 보고는 걱정이 되었다.

서시는 죽어서는 안 될 사람이었다. 사로잡아 어떤 식으로든 봉황곡 살수들에게 인계해야 했다.

반대로 설시연의 걱정도 되었다.

그녀 역시 실력이 일취월장하기는 했지만 이미 살수계에서 소문난 실력자이던 서시가 실혼인이 되면서 그 위력이 배가되었을 가능성이 높았다.

그렇다면 역으로 설시연이 당할 가능성도 충분했다.

'부디 둘 다 무사하길.'

서윤이 할 수 있는 건 그 정도밖에 없었다. 지금은 산문 밖에서 무서운 기세를 뿜으며 다가오고 있는 실혼인에게 집중할 때였다.

서윤이 기운을 끌어 올렸다.

하지만 그런 그를 지나쳐 앞으로 나서는 이들이 있었다.

바로 소림의 십팔나한이었다.

"시주, 뒤쪽을 부탁합니다. 앞은 이제부터 우리 나한들이 맡겠습니다."

십팔나한의 수장인 원진(元眞)이 서윤에게 말했다. 그리고는 서윤의 대답을 듣지도 않은 채 소리쳤다.

"십팔나한은 즉시 나한진을 펼쳐라!"

원진의 외침에 나한들이 일사불란하게 움직이며 나한진을 만들었다.

개진하기 전임에도 나한진에서 엄청난 기운이 뿜어져 나오는 것 같았다.

의협대에 몸담으면서 합격진 훈련을 해본 서윤은 눈앞의 나한진이 얼마나 대단한 것인지 실감할 수 있었다.

'이것이 소림의 힘인가.'

그렇게 중얼거린 서윤은 망설이지 않고 뒤쪽으로 몸을 돌렸다. 서윤의 눈에 굴하지 않는 기백으로 적들을 맞아 싸우는 소림승들이 들어왔다.

서윤은 지체하지 않고 그들 사이로 신형을 날렸다.


강맹한 실혼인들의 공격을 소림승들은 비교적 침착하고 단단한 방어막으로 상대하고 있었다.

하지만 그것은 사람을 상대할 때에는 모르지만 지치지 않는 실혼인을 상대할 때에는 비효율적인 방법이었다.

방어벽을 쌓고 실혼인들의 공격을 막아내는 것은 어느 정도 성공하고 있는 듯했지만 그러는 사이 실혼인들을 부숴놓을 수 있는 승려들 숫자는 턱없이 부족했다.

그중에서 고군분투하고 있는 사람 중 한 명이 바로 천보였다.

소림에서 무학을 배우고 무림맹에서 임무를 수행하며 많은 것을 배운 천보는 막는 것이 전부가 아니라는 것을 잘 알고 있었다.

공격과 방어가 적절하게 섞여야 효율을 극대화할 수 있다는 것을 진작 깨달았으며, 지금 이 순간 그것을 모두 드러내 보이고 있었다.

천보의 무공은 소림의 것이었으나 소림의 것이 아니었다.

수련을 통해 익혔으며 실전을 통해 갈고닦았다.

결국 그것이 바로 앞으로의 소림이 나아가야 할 방향이었다.

천보가 실혼인들을 몰아치기 시작했다.

그러자 다른 소림승들이 천보의 뒤를 받치기 시작했다.

실혼인들의 공격을 막아주고 천보가 마음껏 공격에 전념할 수 있도록 길을 열어주었다.

어느 순간 움직임이 수월해졌다는 것을 느낀 천보는 동문들이 자신을 위해 필사적으로 실혼인들의 공격을 막아내고 있음을 깨달았다.

가슴속 깊은 곳에서 올라오는 울컥하는 마음을 겨우 억누른 천보는 진기를 가득 끌어 올렸다.

그리고 다음 순간, 소림의 동문들은 본 적이 없는 무공이 천보의 손에서 펼쳐졌다.

선천나한십팔수.

하지만 천보가 펼친 선천나한십팔수는 다른 이들이 알고 있는 그것과는 많이 달랐다.

더욱 강맹하고 더욱 공격적인 초식들.

그의 손을 떠난 기운이 실혼인들을 휩쓸고 지나갔다.

콰콰콰콰콰!

비록 서윤이 펼쳐내는 무위에 비하면 약한 위력이었으나 분명 효과는 있었다.

천보의 선천나한십팔수에 당한 실혼인들의 움직임이 확실히 불편해 보였다.

소림승들은 그런 실혼인들을 가만히 두고 보지 않았다.

재빨리 다가서서 확실하게 그들을 처리했다.

짧은 시간에 실혼인 몇 기를 처리했지만 처리한 숫자에 비해 광장히 비효율적이었다.

그러던 그때 서윤이 전장에 합류했다.

순식간에 휘몰아치듯 실혼인 몇 명을 처리한 서윤이 천보를 바라보았다.

"이쪽은 제가 맡겠습니다. 가서 연 누이 좀 도와주십시오."

서윤의 말에 천보가 시선을 돌렸다. 그곳에는 서시와 치열한 전투를 벌이고 있는 설시연이 있었다.

"알겠습니다."

대답하고 그쪽으로 움직이려는 천보를 서윤이 한 번 더 불렸다.

"저 실혼인은 생포해야 합니다. 반드시."

"아는 사람입니까?"

"동료였습니다. 봉황곡주였지요. 이대로 실혼인인 채로 둘 수는 없습니다. 방법이 있을지는 모르겠지만 하는 데까지 해 봐야 합니다."

서윤의 부탁에 천보가 고개를 끄덕였다. 가능할지는 모르겠지만 일단 최선의 노력을 다할 생각으로 발걸음을 옮겼다.

천보가 설시연 쪽으로 자리를 옮기자 서윤은 주변을 난장판으로 만들고 있는 실혼인들을 살벌한 눈빛으로 쳐다보았다.

"지금부터 제가 실혼인들을 반파 상태로 넘길 겁니다. 그럼 마무리를 부탁드립니다."

서윤이 뒤쪽에 서 있는 소림승들을 보며 말했다. 이미 서윤이 펼친 광풍난무의 초식을 본 터라 소림승들은 서윤의 말에 고분고분 고개를 끄덕였다.

"시작하겠습니다."

그렇게 말한 서윤이 슬쩍 산문 쪽을 쳐다보았다. 서윤을 대신에 앞을 맡은 십팔나한이 나한진을 이용해 최대한으로 경내로 진입하려는 실혼인들을 막고 있었다.

하지만 서윤이 펼친 초식으로 인해 산문이 부서져 입구가 넓어진 탓에 모두 막아낼 수는 없었다.

'괜히 광풍난무를 썼나. 미안하네. 그래도 걱정 마십시오. 뒤로 넘어오는 실혼인들은 제가 모두 처리할 테니.'

그렇게 속으로 다짐한 서윤이 실혼인들을 향해 한 걸음 내디뎠다.

그리고 다음 순간 서윤은 어느새 실혼인들 틈바구니 속에 파묻혀 있었다.

콰콰콰쾅!

서윤의 주먹이 빠르게 움직이며 실혼인들의 전신을 난타했다.

아무렇게나 두들기는 것처럼 보였지만 사실 서윤은 실혼인들의 움직임을 봉쇄할 수 있는 약점만 골라 두드리고 있었다.

퍽! 퍼퍽!

움직임이 불편해진 실혼인들을 서윤은 가볍게 쳐서 뒤쪽으로 넘겼다. 그러자 진형을 갖추고 대기하고 있던 소림승들이 일제히 달려들어 마무리를 지었다.

뒤쪽으로 넘기는 서윤의 속도가 워낙 빨라 제대로 따라가기 어려울 정도였다.

그때였다.

콰앙!

산문 쪽에서 거대한 폭음이 들리는가 싶더니 나한진을 이루고 있던 십팔나한 중 몇 명이 피를 토하며 뒤쪽으로 넘어가는 모습이 보였다.

"나, 나한진이!"

그것을 본 소림승 몇 명이 떨리는 목소리로 중얼거렸다.

무패의 신화를 자랑하는, 최강이라 자부했던 나한진이 깨진 것이다.

서윤이 침을 삼키며 산문 쪽을 바라보았다.

그곳에는 지금까지 봐온 것과는 전혀 다른, 단 세 구의 실혼인이 묵직한 발걸음으로 다가오고 있었다.

"괴물……."

누군가가 중얼거렸다.

사람의 형상을 하고는 있었으나 괴물이라는 단어 말고는 다른 표현이 없을 것 같은 모습과 기운을 뿜어내고 있었다.

"후우."

서윤은 가볍게 어깨를 흔들며 팔을 풀었다.

적당히 해서는 이기기 어려울 것 같았다. 하지만 그렇다고 질 것 같다는 생각은 조금도 들지 않았다.

이기는 것은 당연.

하지만 얼마나 오래 걸릴지를 가늠하기가 어려웠다.

"그 이상 들어오지 말거라."

그렇게 중얼거리며 서윤은 빠른 속도로 십팔나한을 지나가 그들의 앞을 막아섰다.

가까이에서 보니 그 기운이 더욱 강했다.

과연 실혼인이 맞는 것인지 의문이 들었다.

지금 이곳에서 만난 실혼인들은 물론이고 실혼인이 된 서시, 대귀와 비교해도 그 이상의 기운을 뿜어내고 있었다.

"하, 힘들겠네."

그렇게 중얼거린 서윤이 진기를 끌어 모았다.

입고 있는 장삼이 심하게 부풀며 펄럭이기 시작했고, 주변의 기운이 서윤을 중심으로 빠르게 모여들기 시작했다.

강하게 응축되는 기운.

그리고 그 중심에는 서윤의 주먹이 있었다.

난생처음 펼쳐 보이는 초식.

더 이상 기운을 끌어 모을 수 없다는 생각이 들 때쯤 광풍난무 때와는 비교도 할 수 없을 정도로 큰 광음이 터져 나왔다.

크와아앙!

풍절비룡권 제팔 초식 난마광풍(亂魔狂風)이 드디어 서윤의 손에서 펼쳐졌다.

그리고 그의 주먹에서 뻗어 나가는 한 줄기는 선명한 형상을 띤 강력한 기운. 바로 권강(拳罡)이었다.

서윤도 되겠다는 생각만 했지 실제로 권강을 만든 것은 처음이다.

처음으로 발현하고 느끼는 권강의 실체.

서윤은 가슴속 깊은 곳에서 희열이 차올랐다. 하지만 지금은 그런 감정에 휩쓸리고 있을 때가 아니었다.

크오오오오!

주변의 모든 것을 빨아들이듯 집어삼키는 권강을 바라보며 가만히 서 있던 실혼인들이 뿔뿔이 흩어지기 시작했다.

서윤은 그들의 움직임에 집중하며 다시금 주먹을 휘둘렀다.

한데 이번에는 서윤의 주먹에서 아무것도 뻗어 나가지 않았다. 대신 그 순간 놀라운 광경이 벌어졌다.

서윤이 쏘아 보낸 강기가 방향을 틀며 움직인 것이다.

방향이 틀어진 강기는 정확히 세 명의 실혼인 중 하나를 향해 날아갔다.

하지만 방향이 틀어지며 강기의 속도가 줄어들었고, 실혼인은 그것을 어렵지 않게 피해내었다.

'아직은 안 되는 건가.'

서윤은 과거 마의가 말한 감응을 떠올리며 강기를 움직여 보았다. 하지만 머리로만 생각하고 시도한 탓에 제대로 이뤄지지 않았다.

한 명의 실혼인이 강기를 피하는 사이, 다른 두 명의 실혼인이 서윤에게 빠르게 다가왔다.

강기를 움직이느라 거기에 집중하고 있는 틈을 놓치지 않은 것이다.

'역시 실혼인 같지가 않군.'

서윤은 그들의 움직임이 상황에 따른 판단을 내릴 수 있는 것처럼 느껴졌다. 이는 곧 이성이 있는 사람과 굉장히 흡사하다는 뜻.

그렇다면 쉽지 않은 싸움이 될 수도 있었다.

"덤벼!"

서윤은 자신감에 찬 목소리로 외치며 쾌풍보를 펼쳤다.

그러자 한줄기 산들바람이 주변을 감싸는 것 같은 착각이 일었다.

하지만 서윤의 속도는 상당히 빨랐다. 단지 움직임이 부드러웠을 뿐.

갑작스레 목표를 잃은 실혼인들이 자리에 우뚝 멈춰 섰다.

그리고 그 순간 서윤이 실혼인 한 명의 뒤에 소리 없이 나타났다.

쾅!

서윤의 기척을 느낀 실혼인이 뒤를 돌아보려는 순간, 서윤의 주먹이 먼저 그의 등을 가격했다.

우지끈!

지근거리에서 강한 힘으로 타격한 탓에 실혼인의 척추뼈가 그대로 으스러졌다.

힘없이 무너지는 실혼인.

그를 보며 서윤은 의아한 표정을 지었다.

'뭐야, 내구력은 떨어지는데?'

그런 의구심을 떠올리는 사이 다른 두 명의 실혼인이 서윤에게 빠르게 접근했다.

서윤의 좌우에 자리 잡은 실혼인들.

빠르게 몸을 빼보려 했으나 실혼인들은 틈을 주지 않았다.

양쪽에서 날카롭게 날아드는 검.

서윤은 양팔을 교차하며 좌우를 향해 주먹을 뻗었다.

콰쾅!

서윤의 주먹에서 뿜어져 나간 권기가 실혼인들의 검과 강하게 충돌했다.

그 힘을 이기지 못하고 실혼인들이 뒤쪽으로 튕겨 나갔고, 한가운데에서 그 충격을 고스란히 받은 서윤은 인상을 찌푸렸다.

내상을 입을 정도는 아니었으나 상당한 충격이 팔과 어깨를 통해 전신으로 흘러들었다.

'위력은 확실히 위로군.'

그렇게 중얼거린 서윤은 다시금 빠르게 움직였다.

왼쪽으로 튕겨져 날려가는 실혼인의 위에 나타난 서윤이 기운을 끌어 모은 주먹을 곧장 실혼인을 향해 내리꽂았다.

쾅!

실혼인이 바닥으로 수직 낙하하며 처박혔다.

강한 충격이 예상되었지만 서윤은 인상을 찌푸렸다. 실혼인이 검을 들어 자신의 공격을 막았기 때문이다.

'흘렸어?'

단순히 검을 들어 직접적인 충격을 막은 것이 아니었다.

충격이 흘러드는 방향으로 몸을 비틀며 최대한 위력을 흘려 버린 것이다.

그 결과로 바닥에 처박힌 실혼인이 곧장 몸을 일으키고 있었다.

그러는 사이 서윤의 뒤쪽에서 거대한 기운이 느껴졌다.

바닥에 착지한 서윤은 순간적으로 쾌풍보의 속도를 높여 그 자리에서 벗어났다.

콰가가가각!

서윤이 서 있던 자리의 땅이 갈라지며 깊고 길게 파였다.

조금만 늦었어도 반으로 갈라진 것은 땅이 아니라 서윤 자신이었을 것이다.

서윤이 고개를 돌려 공격을 한 주인공을 쳐다보았다.

조금 전 서윤의 공격에 충격을 받고 뒤로 튕겨져 나간 또 다른 실혼인이었다.

'회복력은 좋군. 내구력을 포기한 대신 회복력과 움직임을

극대화한 건가?'

서윤은 실혼인들을 상대하며 그 특징을 파악해 나가고 있었다. 적을 제대로 알아야 쉽게 이길 수 있는 것은 당연한 일이다.

실혼인들의 공격은 날카로웠다.

그리고 그들의 합 역시 상당히 좋았다. 만약 이른 시간에 셋 중 하나를 처리하지 않았다면 상당히 낭패를 봤을지도 모른다.

이 순간 가장 빛을 발하는 것은 서윤의 쾌풍보였다.

상단전을 열고 깨달음을 얻기 전에도 서윤의 쾌풍보는 항상 위기의 순간에서 빛을 발했다.

쾌풍보가 아니었다면 서윤은 훨씬 더 많은 위기를 겪었을지도 모른다.

지금도 마찬가지였다.

서윤의 쾌풍보는 빠름과 느림, 강함과 부드러움을 적절히 섞어가며 실혼인들의 공격을 피하고 있었다.

오기조원의 경지에 오른 뒤 펼쳐내는 서윤의 쾌풍보는 상상 그 이상의 위력을 발휘하고 있었다.

과거 신도장천이 보법도 하나의 무공이라 하던 그 말의 진면목을 이제야 깨닫고 펼쳐내 보이고 있는 중이다.

연이어 공격이 무위로 돌아가자 실혼인들의 움직임이 더욱 빨라졌다.

서윤의 빠른 움직임에 따라가기 위함이다.

하지만 그 때문인지 각각의 공격에 실린 위력은 조금 떨어져 있었다.

'완성형은 아닌 모양이군.'

속으로 그렇게 중얼거린 서윤은 실혼인들을 보며 눈을 빛냈다.

속도전으로 나온다면 서윤은 결코 패하지 않을 자신이 있었다. 어느 정도 실혼인들의 파악이 완료된 이상 피하기만 할 이유는 없었다.

서윤이 진기를 끌어 올렸다.

그러자 하단전부터 상단전까지 진기가 원활하게 돌며 서윤의 의지대로 움직였다.

서윤의 입가에 미소가 번졌고, 그 미소는 곧 실혼인들에게는 암울한 운명을 의미했다.

3장
무당(武當)

風神 徐閏

풍신서윤

소림이 음귀곡의 공격을 받아 치열한 전투를 벌이고 있던 그때, 위기에 빠진 것은 비단 소림뿐만이 아니었다.

소림과 함께 양대 산맥이라 일컬어지는 무당 역시 적들의 공격에 대비하고 있었다.

이미 무림맹에서 지원을 파견한 상황이라 소림보다는 상황이 조금 나을 수 있었다.

머릿수 자체부터가 든든하다 보니 무당은 무당산 중턱에서부터 검진을 형성해 길목을 차단하고 있었다.

무당산 전체가 팽팽한 긴장감으로 가득 차 있었다.

적들의 정체는 모호했지만 그들은 누가 됐든 자신감이 있었다.

하지만 그 자신감이 절망으로 바뀌는 데에는 오랜 시간이 걸리지 않았다.

가장 앞 선에서 검진을 형성하고 있던 무당 제자들은 천천히 걸어오는 한 명을 발견했다.

단 한 명이었지만 그가 보이는 존재감은 그 무엇보다 거대했다.

무당파 제자들은 긴장할 수밖에 없었다.

하지만 그때까지만 해도 검진을 이루고 있는 무당파 제자들은 자신감을 잃지 않았다.

자신들의 뒤에는 또 다른 검진이 줄지어 있었고 눈앞의 적은 단 한 명이라는 사실 때문이다.

"검진이군. 칠성검진(七星劍陣)인가?"

그의 물음에 대답할 사람은 아무도 없었다. 대답 대신 돌아온 것은 개진을 알리는 기운의 파동뿐이었다.

"불친절한 것들 같으니라고."

퉁명스럽게 한마디 내뱉은 자는 마교 서열 삼위인 금륜(金倫)이었다.

나이 먹은 촉의 장수 장비의 현신이라 해도 믿을 정도로 좋은 덩치와 덥수룩한 수염이 인상적인 자였다.

그의 어깨에는 거대한 도끼 하나가 얹혀 있었다.

다른 이름으로 천부마귀(天斧魔鬼)라 불리는 자.

하지만 아쉽게도 지금 이 자리에 있는 무당파 제자들 중에
는 그가 악명 높은 천부마귀라는 것을 알아볼 수 있는 사람
이 없었다.

하지만 그가 천부마귀라는 것을 알아도 지금 이 순간 할
수 있는 게 없는 것은 매한가지였다.

우웅! 우웅!

개진한 검진에서 기운이 넘실거렸다.

결코 무시할 수 없는 수준의 기파였지만 천부마귀의 표정
은 여유로웠다.

"본보기를 보여줘야겠구나."

그렇게 중얼거린 천부마귀가 어깨에 얹어놓았던 도끼를 늘
어뜨렸다.

우웅!

바닥에 닿을 듯 늘어진 도끼가 울음을 토했다. 그 소리에서
심상치 않음을 느낀 무당파 제자들의 표정이 딱딱하게 굳었
다.

죽음을 각오했으나 막상 죽음과 마주하자 섬뜩함과 두려움
이 밀려왔다.

하나 그들의 가슴에는 무당파를 상징하는 글자가 새겨져

있었고, 그들의 마음에는 무당파의 제자라는 자부심이 깊게 박혀 있었다.

두려움은 있었지만 그렇다고 결코 물러섬은 없었다.

"과연 명문의 제자들답군!"

천부마귀가 미소를 지었다. 하나 그것마저도 섬뜩해 보일 정도였다.

천부마귀가 천천히 검진을 향해 걸어갔다.

그가 한 걸음 내디딜 때마다 그의 손에 들린 도끼에서 들리는 울음소리가 더욱 또렷해졌다.

우우우웅!

천부마귀가 다가오자 검진이 본격적으로 발동하기 시작했다. 그러자 천부마귀를 압박하는 기운이 더욱 강해졌다.

하지만 천부마귀의 표정에는 조금의 변화도 없었다.

여전히 여유롭고 여전히 미소를 짓고 있었다.

보폭도 일정했으며 내딛는 속도 역시 마찬가지였다.

그럴수록 당황하는 쪽은 검진을 이루고 있는 무당파 제자들이었다.

자신들이 그를 막을 수 있을 것이라는 생각은 조금도 하지 않고 있었다.

지금 이 자리에서 죽는 것은 당연한 것이라는 각오도 하고 있었다.

하지만 자신들이 목숨을 내놓은 만큼 적에게도 어느 정도 피해를 입혀야 했다. 그래야 뒤에 있는 동문들이 목숨을 건질 확률이 조금이라도 높아지지 않겠는가.

그런데 지금 눈앞에 있는 천부마귀는 검진의 영향을 조금도 받지 않는 듯 보였다.

외모도 그렇지만 그 기세와 무위까지도 과거 만인지적(萬人之敵)이라 불리던 장비 익덕과 꼭 닮은 것 같았다.

바닥에 닿을 듯 도끼를 끌고 다가오던 천부마귀가 크게 숨을 들이마시더니 도끼를 뒤쪽으로 돌려 들어 올리며 크게 앞쪽으로 휘둘렀다.

부우욱!

마치 공기를 찢어발기는 것 같은 소리가 들리는가 싶더니 어느새 검진의 지척까지 강맹한 기운이 다가왔다.

"크아악!"

권기, 검기도 아닌 부기(斧氣).

그 엄청난 위력에 정면에 있던 무당파 제자 두 명이 즉시 반으로 쪼개졌다.

단 한 수에 두 사람의 목숨을 빼앗아간 치명적인 공격에 무당파 제자들은 몸을 떨었다.

그렇게 되니 검진의 위력이 약해지는 것은 당연지사. 그때부터 천부마귀의 살육이 본격적으로 시작되었다.

천부마귀가 혈혈단신으로 검진을 향해 달려들었다.

위력이 줄어들기는 했으나 어쨌든 검진은 검진.

여러 개의 검이 자신 한 명을 노리고 찔러들어 오고 있음에도 아랑곳하지 않았다.

천부마귀가 무식하리만치 도끼를 휘둘렀다. 그러나 거기에는 무시무시한 기운이 담겨 있었다.

쩌저저저정!

천부마귀의 도끼 한 자루가 여러 자루의 검과 강하게 충돌했다.

그에 일부는 부러져 나갔으며 일부는 튕겨 나갔다.

단 한 번의 충돌 이후 천부마귀를 겨누고 있는 검은 단 한 자루도 남아 있지 않았다.

천부마귀는 웃었고, 검진을 이루고 있던 무당파 제자들은 당황스러운 표정을 지었다.

그리고 다음 순간, 천부마귀의 도끼는 시뻘건 피에 흠뻑 젖어 있었다.


천부마귀가 첫 번째 검진을 상대하고 있는 그 시간, 다른 쪽에서는 그의 명령을 받은 혈견단이 빠르게 무당산을 오르며 무당파, 그리고 무림맹의 지원군과 충돌하고 있었다.

마교의 정예라는 그들은 기본적으로 무당파와 무림맹의 전력에 비해서 강했다.

그 때문에 무당산 중턱부터 쳐놓은 저지선은 족족 격파당하고 있었다.

하나 그것은 확실히 효과가 있었다.

덕분에 무당파 경내로 진격하는 그들의 속도는 더뎠고, 그러는 사이 점점 더 큰 피해를 입고 있었다.

그러나 거기까지였다.

더딘 속도였지만 그들은 어쨌든 무당산 경내로 향하고 있었고, 특히나 산을 오르는 천부마귀의 속도는 조금도 줄어들지 않고 있었다.

물론 무당파 경내에는 정예가 남아 있었다.

특히나 천부마귀의 입에서 언급된 칠성검진을 발동할 수 있는 칠성검수가 있었다.

게다가 지난 정마대전에서 혁혁한 공을 세운 상옥 진인도 건재했다.

때문에 무당파 내에서는 패할 것이라는 생각은 하지 않고 있었다. 저지선을 구축한 제자들, 그리고 무림맹 지원군의 희생은 가슴 아팠지만 승리를 위한 어쩔 수 없는 선택이었고, 차출된 이들 모두 흔쾌히 명령을 따랐다.

그 때문일까.

무당산 전체가 점점 더 강한 긴장감으로 물들고 있었다.

천부마귀의 진격 속도는 조금도 느려지지 않았다.

오히려 점점 더 빨라지고 있었다. 위쪽으로 올라갈수록 검진을 구성하는 무당파 제자들의 무위 역시 높아졌다.

그만큼 검진의 위력 역시 더욱 강하다는 뜻이었다.

그럼에도 천부마귀의 속도는 조금도 줄어들지 않고 있었다.

검진이 강해질수록 그가 뿜어내는 기도와 무위 역시 강해지고 있었다. 게다가 아직까지 그는 단 한 번도 가진 바 무위를 모두 드러내지 않고 있었다.

문제는 아직 무당파 경내에 있는 사람들이 이러한 사실을 모르고 있다는 것이다.

천부마귀의 무위는 물론이요, 혈견단의 무력까지.

아예 모르는 것은 아니지만 그들이 예상하고 있는 것과는 분명 다른 부분이 있었다.

그런 것을 알고 있는 것과 모르고 있는 것은 엄청난 차이가 있다.

이에 대한 대비가 되어 있느냐, 혹은 예상치 못한 상황이 닥쳤을 때 얼마나 유연하게 대처할 수 있느냐 하는 부분이 무당파의 명운을 가를 중요한 요소 중 하나라 할 수 있었다.


쾅!

산문이 산산조각이 났다.

비록 오대세가의 그것만큼 크고 단단한 문은 아니라 하나 단 일격에 산문이 박살 났다는 것은 그만큼 상대의 무위가 상당하다는 뜻이다.

산산조각 나 흩어지는 산문 뒤로 악귀 같은 표정의 천부마귀가 서 있었다.

그의 손에는 피가 뚝뚝 떨어지는 도끼 한 자루가 들려 있었다. 산문을 박살 낸 것도 그의 도끼이리라.

천부마귀의 모습은 그 자체만으로도 상당한 위압감을 주고 있었다.

그에 검을 뽑아 든 채 잔뜩 경계하고 있는 무당파 제자들이 주춤거렸다.

모두가 선뜻 나서기 어려워하던 그때, 제자들 사이로 천천히 걸어 나오는 이가 한 명 있었다. 바로 무당이 자신 있게 내세울 수 있는 단 한 명의 고수, 상옥 진인이었다.

"물건 등장이군."

천부마귀가 상옥 진인을 보며 중얼거렸다.

얼굴을 보는 것은 처음이지만 풍기는 기도만으로도 그가 상옥 진인이라는 것을 눈치챈 천부마귀였다.

"이제야 제대로 싸워볼 맛이 나겠어."

천부마귀가 섬뜩한 미소를 지으며 말했다. 깊숙한 곳에서부터 올라오는 희열에 몸을 부르르 떨기도 했다.

그 모습을 상옥 진인은 담담하게 바라보고 있었다.

십 년 전 마교와 싸울 때까지만 해도 아직 젊은 혈기가 남아 눈앞에 보이는 적을 두고 평정심을 잃을 때도 종종 있었다.

하지만 십 년의 세월이 흐르고 그의 나이도 오십 줄을 넘기면서 이제는 그 어떤 상황에서도 평정심을 유지할 수 있게 되었다.

지금 이 순간 자신의 사문인 무당을 치기 위해 쳐들어온 천부마귀를 보면서도 표정 하나 변하지 않을 수 있는 것은 그 때문이다.

"천부마귀로군."

상옥 진인의 한마디에 천부마귀의 얼굴에 놀란 표정이 떠올랐다.

"날 알고 있다니 놀랍군. 좋아, 아주 좋아."

"도끼를 쓰는 마도인이 흔한 것은 아니지."

상옥 진인의 말에 천부마귀가 흡족한 미소를 지었다. 칭찬도 아니고 그저 자신의 정체를 알아본 것에 불과했으나 그것만으로도 천부마귀는 기분이 좋은 모양이다.

"고명한 상옥 진인의 검을 이 도끼로 부술 수 있다면 더할 나위 없이 좋겠지."

그렇게 말하며 천부마귀가 늘어뜨리고 있던 도끼를 들어

올렸다.

단순한 동작임에도 도끼를 늘어뜨리고 있을 때와 들어 올렸을 때의 분위기가 확연히 달랐다.

상옥 진인도 검을 뽑고 시선은 천부마귀에게 고정시킨 채 뒤쪽을 향해 말했다.

"장문인, 이자는 내가 맡을 테니 다른 제자들과 함께 후의 일을 도모하시오."

"알겠습니다, 사형."

상옥 진인의 사제이자 무당의 현 장문인인 상청 진인(裳淸眞人)이 공손히 대답했다.

한 문파의 장문인이라면 모든 제자의 위에 있는 존재였지만 그런 상청 진인도 상옥 진인에게는 깍듯하게 대하고 있었다.

"제자들은 물러서서 공간을 만들어라!"

상청 진인의 외침에 제자들이 두 사람의 싸움에 방해가 되지 않도록 일제히 물러섰다.

정확히 말하면 두 사람의 싸움에 휩쓸리지 않기 위함이라고 하는 편이 옳았다.

두 사람이 대치하는 사이, 혈견단이 무당파 경내에 도착했다.

"칠성검진은 건드리지 마라! 내가 맡을 것이다!"

행여나 자신의 장난감을 뺏길까 걱정하는 아이처럼 천부마귀가 서둘러 소리쳤다.

그 말에 상옥 진인의 표정이 딱딱하게 굳었다.

자신과 대치하고 있는 이 상황에서 그런 소리를 한다는 건 자신을 이길 자신이 있다는 뜻이기 때문이다.

그렇게 되자 평정심을 유지하고 있던 상옥 진인도 더 이상 평정심을 유지하기가 어려웠다.

"도끼와 함께 그 목도 함께 잘라주마."

그렇게 말하며 상옥 진인이 검을 뽑았다.

그와 동시에 검에 기운이 넘실거리더니 이내 가늘고 긴 선을 하나 만들었다.

무당파 검법의 정수(精髓)라 일컬어지는 태극혜검(太極慧劍), 그것이 상옥 진인의 손을 통해 그 위대한 자태를 드러내고 있었다.

그가 십 년 전 펼친 태극혜검과 지금 이 순간 펼치는 태극혜검.

거기에는 큰 차이가 있었다.

십 년의 수양이 만들어낸 깨달음의 깊이.

십 년 전의 싸움을 통해 얻은 자그마한 깨달음을 상옥 진인은 부단히 노력해 자신의 것으로 만들었고, 그 덩치를 점차 키워왔다.

그 깨달음은 상옥 진인이 펼치는 태극혜검을 통해 고스란히 발현되고 있었다.

간결한 움직임은 뻗어내는 검에 속도를 더했다.

쐐에에엑!

부드러운 기운과는 어울리지 않는 파공음이 천부마귀를 향해 뻗어 나갔다.

쇄도하는 검에도 천부마귀의 표정에서는 미소가 사라지지 않았다.

천부마귀가 들고 있던 도끼를 여유롭게 휘둘렀다.

쩌엉—!

청아한 금속음이 사방을 울렸다.

악기가 내는 맑은 소리를 연상시키는 충돌음이었지만 그로 인해 비산하는 기운의 여파는 상당했다.

콰콰콰콰콰콰!

기운과 기운의 충돌이 만들어낸 거대한 기파가 사방을 휩쓸었다.

그에 무당파 제자들을 향해 달려들던 혈견단 고수들 일부가 휩쓸렸다.

무당파 제자들의 경우엔 선두에 선 장로들이 본인들의 기운으로 그 여파를 막아섰기에 별다른 피해가 없었다.

단 한 번의 충돌로 아군에 피해를 입혔지만 천부마귀는 전혀 개의치 않는 듯했다.

"으아아아!"

괴성인지 기합인지 모를 소리와 함께 천부마귀가 도끼를 휘둘렀다.

마치 망나니가 도를 휘두르는 모습을 연상케 하는 도끼질.

하지만 상옥 진인의 표정은 딱딱하게 굳어 있었다.

일견 아무렇게나 휘두르는 것처럼 보이는 도끼질이었으나 빈틈을 찾을 수 없었으며 그 위력 또한 상당했기 때문이다.

실제로 도끼질은 빈틈이 많았으나 그 공격이 뿜어내는 기운이 빈틈을 상쇄하고 있었다.

상옥 진인의 눈이 빛났다.

정면충돌로는 승산이 없다는 판단이 섰다. 어느 정도 버틸 수는 있겠으나 시간이 지체되면 검이 버티지 못하고 부러질 것이 뻔했다.

까가가강!

상옥 진인의 검이 어지럽게 움직이며 천부마귀의 도끼질에 맞서갔다.

정면으로 부딪치는 것이 아닌 적당히 공격을 비껴내고 흘려내며 빈틈을 찾고 있었다.

"으핫핫핫핫!"

천부마귀의 표정과 웃음소리는 점차 광기에 물들고 있었다.

전투가 가져다주는 희열에 몸과 정신을 고스란히 내던지고 있는 모습이다.

상옥 진인의 표정이 변한 것은 그때부터였다.

당혹스러움이 깃든 것은 물론이요, 계속되는 천부마귀의 파상공세를 막아내기가 어려운지 인상을 찌푸리기 시작했다.

그 모습에 기분이 좋은 것일까.

천부마귀는 계속해서 광기 어린 웃음을 터뜨리며 공세를 퍼부었다.

인상을 찌푸리기는 했으나 상옥 진인은 비교적 침착하게 천부마귀의 공격을 흘려 버리고 있었다.

부웅!

천부마귀의 도끼가 상옥 진인의 어깨 위 허공을 찢고 지나갔다.

상옥 진인이 검으로 그 공격을 비껴냈기 때문이다. 만약 비껴내지 못했다면 왼쪽 어깨 아래쪽과 몸통은 분리되어 있을지도 모른다.

상옥 진인은 등골이 오싹해지는 것을 느끼면서도 천부마귀의 이어지는 공격에 집중했다.

깡! 까아앙! 까가가각!

상옥 진인의 검과 천부마귀의 도끼가 숨 쉴 틈 없이 부딪쳤다.

그럴 때마다 주변에서 난투를 벌이고 있는 무당파 제자들과 혈견단 고수들만 죽어나갈 뿐이었다.

천부마귀의 도끼를 받아내면서도 상옥 진인은 이래선 안 되겠다는 생각을 했다.

이곳에서 싸우다가는 무당파 전체가 남아나지 않겠다는 생각이 들자 그를 유인해야겠다고 판단 내렸다.

"합!"

상옥 진인이 짧고 굵은 기합과 함께 천부마귀의 도끼를 부드럽게 밀어내었다.

강한 힘으로 되받아친 것이 아님에도 천부마귀의 신형이 기우뚱거렸다. 상옥 진인에게는 그 정도면 충분했다.

파박!

상옥 진인이 땅을 박차고 무당파 경내 바깥쪽으로 신형을 날렸다.

그러자 광기에 물든 표정을 짓고 있던 천부마귀가 곧장 상옥 진인의 뒤를 따라 무당파를 벗어났다.

두 사람이 사라지자 여전히 싸움이 벌어지고 있어 병장기 소리와 비명 등이 들리고 있음에도 적막이 찾아든 것 같은 고요함이 느껴졌다.

그 정도로 짧은 시간이나마 이곳에서 벌어진 두 사람의 싸움의 여파가 상당했음을 의미했다.

하지만 그것도 잠시, 혈견단과 무당파 제자들의 목숨을 건 싸움이 그 빈자리를 빼곡히 채워갔다.


상옥 진인은 무당산 전체를 빠르게 누비고 있었다.

우선은 무당파와 최대한 멀어져야 한다는 생각 때문에 천부마귀를 상대할 생각은 하지 않고 달리는 데에만 집중했다.

오랜 시간 무당산 전체를 집처럼 돌아다녔기에 큰 어려움 없이 나무들 사이를 누빌 수 있었다.

그 뒤를 천부마귀가 성난 황소처럼 쫓고 있다.

빨갛게 충혈된 두 눈은 상옥 진인의 신형을 놓치지 않으려는 듯 깜빡이지도 않았다.

부우우웅!

천부마귀가 거리를 가늠하는 듯하더니 냅다 도끼를 집어던졌다.

강한 기운을 잔뜩 집어삼킨 도끼가 상옥 진인을 부숴놓을 듯 빠르고 강하게 날아갔다.

스슥!

상옥 진인의 신형이 기묘하게 움직였다.

무당의 대표적인 신법인 제운종(梯雲縱)이 극에 달했기에 가능한 움직임이다.

콰직! 콰직!

원하는 목표를 맞추지 못한 천부마귀의 도끼가 나무 두 그루를 쓰러뜨리고는 땅에 처박혔다.

상옥 진인은 자신을 향해 쓰러지는 나무들 사이를 절묘하게 빠져나가며 천부마귀와의 거리를 더욱 벌렸다.

파파파팍!

달려 나가는 천부마귀의 속도가 더욱 빨라졌다. 그러고는 이내 땅에 처박힌 도끼를 잡아 들더니 마치 돌팔매질을 하듯 있는 힘껏 도끼를 집어 던졌다.

쐐에에에엑!

조금 전보다 더욱 빠른 속도로 도끼가 날아갔다.

그리고 날아가는 도끼에는 시뻘건 기운이 덧씌워져 있었다.

보고도 믿기 어려운 부강(斧罡)이었다.

상옥 진인은 등 뒤에서 빠르게 다가오는 기운을 느끼며 이를 악물었다.

더욱 빠르게 진기를 돌렸고, 그가 펼치는 제운종은 그 힘을 이용해 더욱 속도를 높였다.

팍!

하지만 강기를 머금은 천부마귀의 도끼를 완전히 피해낼 수는 없었다.

순간적으로 호신강기를 펼쳐 피해를 최소화했지만 상옥 진인의 옆구리에서 피가 터졌다.

지혈을 할 시간 따위는 없었다.

상옥 진인은 이를 악물고 더욱 빠르게 달렸다.

옆을 스쳐 지나가는 나무들이 하나의 선처럼 보일 정도의 속도였다.

'조금만 더!'

상옥 진인의 두 눈이 빠르게 움직였다.

그리고 어느 지점에 도착한 순간, 상옥 진인이 몸을 틀어 검을 휘둘렀다.

쉬이이이익!

상옥 진인의 검에서 뻗어 나간 검기가 정확하게 천부마귀를 향해 날아갔다.

달려오는 천부마귀와 그를 향해 날아가는 검기의 거리가 순식간에 좁혀졌다.

아직 천부마귀는 도끼를 쥐지 못한 상황.

이대로라면 천부마귀의 몸이 반으로 갈라지는 것은 자명했다.

하지만 상옥 진인은 이대로 끝나지 않을 것이라고 생각했다.

그리고 그의 예상처럼 천부마귀는 상옥 진인의 검기를 튕겨내었다.

그것도 맨손으로.

천부마귀가 검기를 향해 파리 쫓듯 손을 휘젓자 검기가 튕겨 나간 것이다.

천부마귀가 멈춰 섰다.

그러고는 사나운 표정으로 상옥 진인을 쳐다보더니 이내 광기 어린 웃음을 터뜨렸다.

"으하하하하! 천하의 상옥 진인이 이런 꼼수를 부리다니!"

그렇게 한참을 웃은 천부마귀가 섬뜩한 표정으로 상옥 진인을 노려보았다.

상옥 진인은 가만히 서 있었다.

한데 그가 서 있는 곳은 일반 평지가 아니었다.

상옥 진인은 바닥에 박아놓은 나무 위에 서 있었는데 그 주변에는 그가 서 있는 것과 같은 나무들이 여러 개 박혀 있었다. 그리고 아래에는 물이 흐르고 있었다.

늪도 아니고 고작 물이 어떤 위협이 되겠느냐마는 적어도 천부마귀의 움직임에 엄청난 제약을 가할 수는 있었다.

이곳은 어려서부터 상옥 진인이 수련을 해온 곳이었다.

비단 상옥 진인뿐만 아니라 무당파 제자라면 이곳에서 몸의 균형을 바로잡고 보법과 신법의 기틀을 닦는 수련을 했다.

상옥 진인에게는 더할 나위 없이 익숙한 곳이지만 천부마귀에게는 굉장히 낯선 곳이다.

천부마귀 정도 되는 고수에게 그깟 나무 위에 올라서는 것은 아무것도 아닐 수 있었다.

하지만 물은 달랐다.

나무 위에서 제대로 균형을 잡지 못해 물에 빠지기라도 하면 이는 곧 패배를 뜻하는 것이나 다름없었다.

깊지는 않다 하나 물에 빠지면 움직임이 둔해진다.

고수라면 상대적으로 영향을 덜 받는다지만 상대가 상옥 진인이라면 작은 변화에도 큰 피해를 입을 수 있었다.

수공(水功)을 따로 익히는 사람들이 있는 것도 그런 이유 때문이다.

천부마귀가 선뜻 상옥 진인이 있는 쪽으로 다가가지 못하고 서 있었다.

대신 눈빛만큼은 이미 상옥 진인을 갈기갈기 찢어놓은 것처럼 날카로웠다.

천부마귀가 천천히 바닥에 널브러져 있는 도낏자루를 쥐었다.

그러고는 손에서 몇 차례 돌리더니 다시 한 번 도끼를 집어던졌다.

상옥 진인은 깜짝 놀랐다.

도끼는 천부마귀의 무기가 아닌가. 이대로 던진다 한들 피해 버리면 그만이고, 이곳으로 오기 전까지는 다시 주울 수도 없다.

그런데 어쩌자고 무기를 던진단 말인가.

이해할 수 없는 행동이었지만 상옥 진인에게는 있어서 결코 나쁜 상황이 아니었다.

상옥 진인의 다리가 빠르게 움직였다.

조금도 균형을 잃지 않고 나무 위를 건너다니며 도끼를 피해내었다.

'헛!'

도끼를 피한 상옥 진인의 앞에 천부마귀가 나타났다. 그리고 어느새 그의 손에는 도끼가 쥐어져 있었다.

도끼를 던짐과 동시에 신형을 날린 천부마귀는 상옥 진인의 움직임을 파악함과 동시에 도끼가 멀리 날아가 버리기 전에 도끼를 낚아챈 것이다.

지척까지 다가온 천부마귀가 손에 든 도끼를 재빨리 휘둘렀다.

부웅!

상옥 진인은 황급하게 허리를 숙였고, 천부마귀의 도끼는 허공을 갈랐다.

하지만 그것이 끝이 아니었다.

상옥 진인의 코앞까지 천부마귀의 무릎이 다가와 있는 것이다.

애초부터 상옥 진인이 피할 것을 예상하고 무릎으로 그의 얼굴을 찍을 생각이었던 것이다.

화들짝 놀란 상옥 진인은 검을 휘두를 새도 없이 황급히 상체를 들어 올렸다. 그에 천부마귀의 무릎이 상옥 진인의 코끝을 스치고 지나갔다.

애써 균형을 잡은 상옥 진인은 재빨리 거리를 벌렸다.

스치기만 했음에도 그 충격에 상옥 진인의 코에서는 피가 흐르고 있었다.

천부마귀에게서 시선을 떼지 않은 채 옷깃으로 피를 닦아낸 상옥 진인의 표정은 딱딱하게 굳었다.

이점을 가져가기 위해 선택한 곳이 자칫 자충수가 될 수도 있겠다는 생각 때문이었다.

반면 천부마귀는 만면에 미소를 짓고 있었다.

상옥 진인을 더 이상 피할 수 없는 곳까지 몰아넣었기 때문이다.

이제는 그에게 지옥을 보여줄 일만 남았다는 생각이 그의 머릿속을 가득 채우고 있었다.

                    *          *          *

치열한 전투가 벌어지고 있는 무당파 경내.

전세는 백중세였다. 혈견단 개개인이 고수라고는 하지만 무당파 제자들은 검진을 이뤄 효율적으로 그들의 공세를 막으며 반격을 가하고 있었다.

게다가 무당의 자랑이라는 칠성검진은 아직까지 발동하지 않은 상태.

이대로라면 천부마귀와 혈견단의 무당파 습격은 실패로 돌아갈 공산이 컸다.

하지만 그때였다.

갑자기 묵직한 기운이 빠르게 다가오는 것이 느껴졌다.

그 기운에 무당파 제자들은 혼란을 느꼈고, 혈견단 무인들의 표정은 밝아졌다.

빠른 속도로 다가오는 것의 정체는 바로 실혼인들이었다.

스무 명 정도밖에 안 되는 숫자였지만 그것만으로도 상당한 위협이 될 수 있었다.

소림으로 실혼인이 향하고 있다는 소식은 들어 알고 있었지만 이곳까지 실혼인들이 오고 있다는 이야기는 듣지 못했기에 무당파 장문인을 비롯한 무인들 모두가 깜짝 놀랄 수밖에 없었다.

도대체 얼마나 많은 실혼인을 만들었기에 이럴 수 있단 말인가.

이보다 많은 실혼인이 아직 남아 있다면 이번 전쟁은 더욱 어려운 싸움이 될 수 있었다.

그만큼 실혼인이라는 세 글자가 가져다주는 무게감은 상당했다.

실혼인들이 전투에 가담하자 전세가 급격히 기울기 시작했다.

터져 나오는 비명 소리의 대부분은 무당파 제자들의 것이었다.

"칠성검진을 가동하라!"

상청 진인의 외침에 각기 전투를 벌이고 있던 칠성검수들이 빠르게 모여들었다.

아직 실혼인들이 흩어지지 않은 상황.

가급적 빠르게 검진을 구성해 그들의 발을 묶어두어야 했다.

우우웅!

칠성검진이 울음을 토해냈다.

빠르게 가동한 검진이 뿜어내는 기운은 적들이 뿜어내는 기운을 압도하며 밀어내고 있었다.

그 영향 덕분에 무당파 제자들은 압박에서 벗어날 수 있었고, 더욱 공격적으로 적들을 상대해 나갔다.

칠성검진의 위력이 강해지자 실혼인들은 본능적으로 검진을 향해 움직이기 시작했다.

우선적으로 처리해야 할 상대가 칠성검진이라는 것을 느낀 것이다.

이는 상청 진인을 비롯한 칠성검수들이 바라는 그림이었다.

실혼인들의 발을 묶어둘 수 있다면 혈견단을 처리하는 것은 충분히 가능한 일이라는 생각 때문이다.

실혼인들이 하나둘 모여들기 시작하더니 검진이 뿜어내는 기운에 맞서기 시작했다.

비록 합격진을 구성하지는 못했지만 그들 하나하나가 뿜어내는 기운이 모이니 칠성검진의 기세에 전혀 밀리지 않았다.

서로 기세 싸움을 벌이던 두 개의 거대한 기운이 결국 충돌했다.

쿠쿠쿠쿠쿡! 콰쾅!

검진의 기운과 실혼인들의 기운이 폭발했다.

그 여파는 천부마귀와 상옥 진인의 충돌 때와 비교도 할 수 없을 정도였다.

첫 번째 충돌의 결과는 동수.

양쪽 모두 견고하게 상대의 힘을 버텨내었다. 그리고 곧 두 번째 충돌이 일어났다.

콰콰쾅!

조금 전보다 더욱 강한 충돌이었다.

그에 혈견단과 무당파 제자들은 적을 상대하기보다는 자신들의 몸을 지키는 데 집중할 수밖에 없었다.

실혼인들의 공격이 더욱 매서워졌다.

그들에게는 방어라는 단어의 개념이 없었다. 몸을 사릴 이유도, 그런 이성도 남아 있지 않은 자들이기 때문에 더욱 강하게 검진을 두들겼다.

검이 날아오면 몸으로 받았고, 부상을 입는 것도 상관하지 않고 공격을 뿌려댔다.

칠성검수들은 당황하지 않았다.

자신들을 믿었고 칠성검진을 믿었다.

칠성검진은 소림의 나한진과 더불어 중원무림 최강이라 일컬어지는 검진이다.

그런 검진이 막아내지 못할 공격이 없었으며 무너뜨리지 못할 적이 없었다.

그것은 그들이 가지고 있는 믿음을 넘어 신념과도 같았다.

"크아아아!"

실혼인들이 괴성을 지르기 시작했다.

끝없이 샘솟는 기운은 도대체 어디서 나오는지 궁금할 정도로 공격은 갈수록 강해졌다.

그럼에도 검진은 견고했다.

끊임없이 두들기는 실혼인들의 공격을 필사적으로 막아내고 있었다.

하지만 계속해서 두드리면 결국엔 금이 가는 법.

칠성검진의 방어막에 조금씩 틈이 생기기 시작했다.

반격을 가하는 횟수 자체도 확연히 줄어들었으며, 간간이 이뤄지는 반격의 위력도 눈에 띄게 약해져 있었다.

방어에 더욱 치중할 수밖에 없는 상황이 된 것이다.

실혼인들은 인간보다 훨씬 더 강인한 육체와 무공을 얻은 대신 가지고 있던 이성을 모두 잃어버린 자들이다.

그들에게 두려움은 없었으며 오로지 적을 쓰러뜨려야 한다는 본능만 남아 있었다.

어쩌면 처음부터 칠성검진은 이런 결과를 맞이할 수밖에 없는 운명이었을지도 모른다.

"적을 쳐라!"

계속되는 실혼인의 공격에 칠성검진의 틈이 점차 벌어지고 있을 때 무당파 밖에서 소리가 들려왔다.

그에 무당파 제자들의 얼굴은 아예 흙빛으로 변했고, 혈견단은 그 기세가 더욱 올랐다.

무당파 제자들은 당연히 적들이 몰려오는 것이라 생각한 것이다.

하지만 그런 기세는 순식간에 바뀌었다.

무당파를 찾은 이들은 다름 아닌 남궁진혁이 이끄는 남궁세가의 전력이었던 것이다.

남궁세가의 기세는 하늘을 찌를 듯했다.

기세가 약해지고 지쳐 버린 무당파 제자들은 가뭄의 단비처럼 등장한 남궁세가의 기세에 힘을 얻은 듯 되살아났다.

반대로 혈견단의 기세는 급격히 줄어들고 있었다.

무당파에 들어선 남궁세가 무인들은 파죽지세로 혈견단을 쓰러뜨렸다.

그중에서도 남궁진혁은 압도적인 무위로 장내를 정리하고 있었다.

상청 진인과 무당파 장로들은 더욱 힘을 내기 시작했고, 빠르게 장내가 정리되어 갔다.

하지만 그것과 다르게 칠성검진은 위기를 맞고 있었다.

혈견단을 정리했다고는 하나 칠성검진이 무너지고 실혼인들이 본격적으로 움직이기 시작하면 전세가 뒤집힐 가능성이 높았다.

상청 진인과 남궁진혁이 동시에 움직였다.

칠성검진이 정상적으로 가동되고 있는 상황이라면 감히 그 사이에 끼어들 생각을 하지 못했겠지만 지금은 아니었다.

부드럽게 그 사이에 끼어든 상청 진인과 남궁진혁은 실혼인들의 압박으로부터 검진을 보호했고, 그러는 사이 칠성검수들은 재빨리 검진을 재정비했다.

깡!

남궁진혁의 검을 실혼인 하나가 팔로 막았다.

"돌덩이가 따로 없구만!"

그렇게 소리친 남궁진혁이 진기를 불어 넣으며 재차 공격을 감행했다.

까가강!

연이은 남궁진혁의 공격에 이번에는 조금 충격이 가해졌는지 실혼인이 괴성을 질렀다.

남궁진혁과 상청 진인이 실혼인을 상대하는 사이 장로들역시 실혼인들과 뒤엉키기 시작했다.

순식간에 펼쳐진 난전.

그러는 사이 재정비를 마친 칠성검진이 다시금 그 위용을되찾기 시작했다.

그것을 느낀 남궁진혁과 상청 진인, 그리고 장로들은 실혼인들을 한데 뭉쳐 놓기 시작했고, 검진을 중심으로 실혼인들을 계속해서 압박했다.

"크와아아!"

사방에서 압박이 들어오자 실혼인들이 괴성을 지르며 중구난방으로 공격을 난사하기 시작했다.

그마저도 위력이 상당했지만 그렇다고 큰 피해를 입을 정도로 대단한 공격은 아니었다.

실혼인들이 제풀에 무너지기 시작했다.

각자 펼친 공격이 본인들에게 큰 피해를 입히기도 했으며 남궁진혁과 상청 진인의 검에 피해를 입기도 했다.

처음이지만 칠성검진과 그들의 합격은 굉장히 합이 잘 맞았다.

그리고 결국 오래 지나지 않아 스무 명의 실혼인이 모두 쓰러졌다.

실혼인들이 더 이상 움직이지 않는 것을 확인한 상청 진인이 남궁진혁에게 말했다.

"고맙습니다."

"고맙다니요. 그 말은 나중에 후개에게 하십시오. 급하게 이쪽으로 우리를 보낸 게 바로 후개이니."

"허허, 후개가 개방을 빠르게 안정화시키고 있는 모양입니다."

상청 진인의 말에 남궁진혁도 웃으며 고개를 끄덕였다.

"아! 사형!"

그제야 상옥 진인을 떠올린 상청 진인이 소리쳤다.

"상옥 진인께서는 어디에……."

"천부마귀를 유인해 경내 밖으로 나가셨습니다."

"천부마귀!"

천부마귀라는 별호를 들은 남궁진혁이 깜짝 놀라 소리쳤다. 그의 존재는 미처 듣지 못했던 까닭이다.

"제가 찾아보겠습니다. 그러니 여기 계십시오."

그렇게 말하며 남궁진혁이 몸을 돌리는 찰나, 상옥 진인의 목소리가 들려왔다.

"그럴 것 없소."

상옥 진인이 천부마귀의 목을 들고 경내로 들어서고 있었다.

"사형!"

상청 진인이 놀라 소리치며 그에게 달려갔다. 상청 진인의 눈동자는 심하게 흔들리고 있었는데 상옥 진인의 상태 때문이었다.

상옥 진인은 천부마귀의 목을 왼손에 쥐고 있었다.

오른손은 쓸 수가 없는 까닭이다. 그의 오른쪽 어깨 아래가 존재하지 않았다.

"이자의 마지막 공격이 너무 무지막지했습니다. 팔 하나 잃은 것이 다행일 정도지요. 그러니 장문인께서는 그런 표정 짓지 마십시오."

덤덤하게 말하는 상옥 진인을 보며 상청 진인은 울컥했다.

한평생 오른손으로 검을 들고 수련해 온 상옥진인이다. 그 덕에 무당 최고수의 자리에 올랐고 중원무림에서 존경받을 수 있었다.

한데 그런 상옥 진인이 오른팔을 잃었다.

이는 더 이상 무인으로서 살아갈 수가 없다는 뜻이기도

했다.

"사형······."

상청 진인은 결국 눈물을 흘렸다.

"눈물 거두시게, 사제. 팔 하나를 잃었지만 무당을 살리지 않았는가? 난 어차피 장강의 앞 물결일세."

그렇게 말한 상옥 진인이 덩달아 슬픈 표정을 짓고 있는 제자들을 바라보며 말을 이었다.

"이제 뒷 물결이 내 자리를 대신하겠지."

그렇게 말하는 상옥 진인의 목소리는 아무런 감정의 기복 없이 덤덤하기만 했다.

4장
의협대

風神徐閠

풍신서윤

　선 채로 소림사를 한번 훑어본 서윤은 가만히 눈을 감았다. 곳곳이 무너지고 망가진 소림사를 보는 것이 가슴 아팠기 때문이다.

　피해를 최소화하고자 노력했지만 결국 그렇게 하지 못했다.

　그런 서윤에게 천보가 다가왔다. 그러고는 서윤의 마음을 짐작한다는 듯이 말했다.

　"소림은 무너지지 않았습니다. 무너진 건물들이야 다시 세우면 됩니다. 소림의 진정한 역사와 힘은 소림에 몸담은 불제자들의 마음과 정신에 담겨 있는 것이니 너무 마음 쓰지 마십시오."

"예, 그러겠습니다."

서윤은 억지로 미소를 지으며 고개를 끄덕였다.

"그보다 가보셔야지요."

천보의 말에 서윤은 고개를 끄덕이고 발걸음을 옮겼다. 그
곳에는 움직이지 못하도록 결박당한 서시가 있었다.

서윤이 천천히 그녀에게 다가갔다.

역시나 그때 본 것처럼 눈에 초점이 없었다.

"어쩌다가 이렇게 되었는지……."

서윤이 중얼거렸다. 그런 그에게 설시연이 다가가 팔을 잡고
는 어깨에 기대었다.

"방법이 있을 거예요."

"그래야 할 텐데."

그렇게 중얼거린 서윤이 천보의 스승인 원명에게 말했다.

"한 가지 부탁을 좀 드려도 되겠습니까?"

"무엇이든 말씀하십시오. 소림을 구해주신 분의 부탁인데
무엇인들 못 들어 드리겠습니까?"

원명의 말에 옅은 미소를 지은 서윤이 서시를 한번 쳐다보
고는 말했다.

"이 여인을 대륙상단으로 데려다 주십시오."

"대륙상단으로요? 의선께 말입니까?"

"예. 혹시나 원래대로 돌릴 방법이 있을지도 모릅니다."

"흠, 알겠습니다. 그렇게 하지요."

원명은 궁금한 것이 많았지만 묻지 않고 그러겠노라 대답했다.

서윤의 부탁이 끝나자 천보가 원명에게 말했다.

"뒷수습까지 해야 하는데 이렇게 떠나서 죄송합니다."

"아니다. 앞으로 네가 해야 할 일이 많지 않느냐? 뒷수습은 우리가 해도 충분하니 걱정 말거라."

그렇게 말한 원명이 설시연과 대화를 나누고 있는 서윤을 슬쩍 바라보더니 말을 이었다.

"앞으로 서윤 시주가 조부님을 따라 권왕이라 불리게 될지 다른 별호로 불리게 될지는 모르겠지만 적어도 중원무림의 역사에 이름을 남기게 될 게다. 너 역시 그와 함께한 인물로 오래도록 회자될 것이니 그것이 바로 사문에 보탬이 되는 일이다."

"기대에 부응하도록 노력하겠습니다."

"그래."

천보의 말에 원명이 흐뭇한 미소를 지었다. 부족하게만 느껴졌던 제자가 이렇게나 듬직하게 성장했으니 뿌듯하지 않을 수가 없었다.

"그럼 가보겠습니다."

천보는 공손히 합장하며 인사하고는 서윤, 설시연과 함께 소림사를 나섰다.

그에 소림의 모든 제자가 무너진 산문 밖으로 나와 그들을 배웅했다.

소림을 구하고 소림의 앞날을 빛낼 사람들에 대한 존경의 의미였다.

*　　　　*　　　　*

개방 총타 방주실에 틀어박힌 후개 호걸개는 쏟아지는 보고에 정신이 없었다.

개방의 정보망을 정상화하니 그동안 들어오지 않던 정보들이 한꺼번에 올라오고 있었다.

그것들을 모두 처리하려다 보니 제대로 씻을 시간도 없었다. 말 그대로 진짜 '거지'가 되어가는 그였다.

"사천연합, 충돌했다고 합니다!"

"광서, 귀주, 위험합니다!"

"버티라고 전해! 다른 쪽은?"

"산서성, 호각지세입니다!"

"산서? 산서라고? 젠장! 산서 쪽은 우리 애들 풀어! 일단 쪽수로 밀어붙인다! 다음!"

"무림맹에서 출진했습니다!"

"뭐가 이렇게 늦어! 전력은?"

"기존의 칠 할 정도밖에 안 됩니다!"

"빌어먹을! 무림맹이 뭐 그래! 여력은 없대?"

"당장은 버거운 듯합니다!"

"서윤! 서윤 쪽에 연락해! 서둘러야 한다고! 소림, 무당의 상황은?"

"당분간은 발이 묶일 듯합니다! 대신 남궁세가가 움직입니다!"

"좋아. 황보가는? 아직인가?"

"시간이 며칠 더 필요할 듯합니다!"

"시간… 시간! 시간이 관건이군. 후…….."

실시간으로 올라오는 정보들을 듣고 바로바로 판단을 내린 후개가 깊은 한숨을 쉬었다.

전에 비해 나아지기는 했다지만 아직도 적들의 움직임에 바로바로 대응하기가 어려웠다.

그들의 움직임을 예측하고 미리 대비해야 이길 가능성이 높아지는데 지금은 겨우 따라가는 수준에 불과했다.

"한순간에 전세를 뒤집을 만한 패가 필요해."

그렇게 중얼거리는 후개의 머릿속에는 서윤밖에 떠오르지 않았다.

"마교주를 끌어내야 한다. 그래야만 긴 싸움을 끝낼 수 있어. 물론 그가 나서면 더 큰 피해를 입을지도 모르겠지만."

그렇게 중얼거리는 후개의 시선은 지도의 한곳 운남성 쪽으로 향해 있었다.


＊　　　＊　　　＊


소림의 일로 시간을 지체한 서윤 일행은 속도를 높여 호남성으로 내달렸다.

무림맹으로 향하는 동안 몇 차례 개방에서 온 전갈을 받은 서윤은 현재 상황이 썩 좋지 않다는 것을 알고 더욱 속도를 높였다.

설시연이나 천보는 서윤의 속도를 따라가기 버거울 수 있었으나 군말하지 않고 최대한 빠르게 따라붙었다.

서윤도 두 사람이 신경 쓰였지만 그래도 지금은 어쩔 수가 없었다.

그 덕분에 세 사람의 남하 속도는 말을 타고 달리는 것보다 배는 더 빨랐다.

소림이 있는 하남성을 지나 호북성에 들어서고 얼마 지나지 않아 천보는 낯익은 사람을 만날 수 있었다.

무당의 일을 끝내고 곧장 산서성으로 북진하는 남궁세가

사람들과 마주친 것이다.

"이게 누구신가? 그간 잘 지냈는가?"

"오랜만에 뵙습니다."

천보가 합장을 하며 남궁진혁에게 인사를 했다. 그러자 남궁진혁도 반가운 기색을 보이며 천보를 보며 미소 지었다.

"무림맹으로 가는 길인가?"

"예. 소림에 일이 있어 조금 늦었습니다."

"그렇지. 소림도 위험하다 들었는데, 위기를 넘긴 모양이군. 그렇다면 이 두 사람은……."

남궁진혁이 처음 보는 서윤과 설시연을 보며 말했다.

"서윤입니다."

"설시연이라고 합니다."

"허허, 권왕과 검왕의 제자를 한자리에서 보게 될 줄이야. 보기만 해도 든든하군. 남궁세가의 가주 남궁진혁일세."

"과찬이십니다."

남궁진혁의 말에 서윤이 겸손을 떨었다.

"아닐세. 이런 시기에는 결국 한두 명의 영웅이 탄생하게 마련이지. 칭찬을 하는 것도 그러한 기대감 때문이라네. 물론 사실에 기반을 둔 칭찬이지."

"감사합니다."

서윤의 말에 고개를 끄덕인 남궁진혁이 천보를 보며 말했다.

"더 얘기를 나누고 싶지만 아무래도 산서성의 상황이 심상치 않은 것 같다네. 다음에 다시 보세."

"예. 무운을 빌겠습니다."

천보의 말에 남궁진혁이 고개를 끄덕이고는 세가 무인들과 함께 하남성 쪽으로 북진했다.

"우리도 서두르죠. 갈 길이 멉니다."

그렇게 말한 서윤이 먼저 호남성 쪽으로 빠르게 달렸고, 설시연과 천보가 그 뒤를 쫓았다.

*          *          *

"여기가 무림맹이로군요."

"처음 와보는 거라고 했죠?"

무림맹 건물을 올려다보며 감탄하는 서윤에게 설시연이 물었다. 그에 서윤이 고개를 끄덕였다.

"누이는 와본 적 있습니까?"

"아니요. 저도 처음이에요. 말로만 들었지 이렇게 클 줄은 꿈에도 생각 못 했네요."

"놀라는 건 다음에 하시고 안으로 들어가시지요."

천보의 말에 퍼뜩 정신을 차린 서윤과 설시연은 서둘러 무림맹 안으로 들어갔다.

입구 바로 안쪽부터 분주한 분위기가 이어지고 있었다.

오가는 사람이 많지는 않았으나 그나마 몇 안 되는 사람들도 세 사람에게 신경 쓰는 기색이 아니었다.

무림맹 입구를 지난 세 사람은 한참을 걸었다.

겉으로 봤을 때 크다는 생각은 했지만 이 정도로 넓을 것이라고는 생각하지 않았다. 아무래도 산에 자리 잡고 있기 때문에 넓은 공간을 확보하기는 어려웠을 것이라 생각했다.

하지만 걸으면 걸을수록 무림맹이 상당히 넓다는 것을 깨닫고는 연신 감탄하는 중이다.

게다가 곳곳에 있는 건물들도 산이 가지고 있는 본연의 경치와 분위기를 최대한 해치지 않는 선에서 절묘하게 조화를 이루고 있었다.

무당파나 소림같이 산에 자리 잡은 문파들도 마찬가지였지만 무림맹이 주는 느낌은 또 다른 듯했다.

천보는 서윤과 설시연을 조원들에게 데려가기에 앞서 맹주실로 향했다.

맹주실이 있는 전각으로 들어선 세 사람은 또 한참 계단을 올라갔다.

'맹주님 혼자 사용하기에는 너무 큰데.'

서윤이 계단을 오르며 중얼거렸다. 이곳 전각을 맹주 혼자 사용하는 것이 아닌, 맹주의 명령을 받는 수하들, 그의 시중을 드는 사람들 모두가 함께 사용한다는 것을 모르기 때문에 할 수 있는 생각이었다.

계단을 올라 오 층에 도착한 세 사람은 정면으로 보이는 방으로 향했다.

오 층은 맹주의 집무실과 처소만 있는 층이었는데, 계단으로 올라와 정면에 있는 것이 그의 집무실, 측면에 있는 것이 처소였다.

"맹주님, 천보입니다."

"들어오게!"

안에서 종리혁의 목소리가 들리자 천보가 조심스레 문을 열고 안으로 들어갔다.

문을 열고 들어간 세 사람의 눈에 예전보다 많이 늙은 종리혁의 모습이 보였다.

한창 집무에 정신없이 몰두하고 있던 종리혁은 이제야 좀 쉬겠다는 듯 깊은 한숨과 함께 자리에서 일어났다.

"오랜만이군."

"오랜만입니다."

종리혁이 가장 먼저 서윤을 맞이했다. 신도장천의 장례식 이후 처음 보는 것이다.

"폐관 수련을 했다고 들었는데 확실히 성취가 있었던 모양이군. 비록 오래전에 보고 처음 보는 거지만 상당하군."

"아직 갈 길이 멉니다. 마교주를 상대하기에는 무리가 있습니다."

서윤의 말에 종리혁이 놀란 표정을 지었다.

"그를 만나본 적이 있는가?"

"있습니다. 싸우면 필패하겠다는 생각이 들더군요. 그 역시도 오래전이니 아마 지금은 더욱 강해졌을 겁니다."

서윤의 말에 종리혁이 살짝 인상을 찌푸렸다.

아무리 강호라는 곳이 때때로 상식 밖의 일이 일어난다고는 하지만 서윤의 말을 곧이곧대로 듣는다면 마교주는 그 젊은 나이에 말도 안 되는 무위를 가진 자라는 뜻이기 때문이다.

물론 지금 눈앞에 있는 서윤 역시 믿기 어려운 경지인 것은 마찬가지였다. 직접 그 무위를 보지는 못했으나 그에게서 무공을 익힌 흔적을 찾아보기가 어렵다는 점만으로도 그 경지가 상당하다는 것을 짐작할 수 있었다.

더욱 놀라운 것은 서윤의 나이가 아직 이십 대라는 것.

한평생 무공을 익혀온 종리혁으로서는 허탈감이 밀려올 수도 있는 상황이었다.

'한 시대에 괴물이 두 명이나 탄생하는 것인가.'

그렇게 생각하던 종리혁의 눈에 설시연이 들어왔다. 그녀역시 오래되기는 했으나 구면이었다.

"검왕 선배님의 손녀로군."

"네. 설시연이라고 합니다."

설시연이 공손히 인사했다. 그런 그녀를 바라보는 종리혁의
눈에 이채가 서렸다.

서윤에게 정신이 팔려 인지하지 못했으나 그녀의 경지 역시
상당하다는 것을 느낄 수 있었던 것이다.

'둘이 아니라 셋인 건가.'

그런 생각이 들자 씁쓸하기도 하면서 든든한 마음이 들었
다.

"다른 조원들은 벌써 모여 있네. 상황이 상황인지라 먼저
임무를 맡길까 했네만 자네들이 없는데 임무를 맡기는 게 무
의미한 것 같아 대기시켜 놓았네. 가보게. 곧 군사가 임무를
하달할 게야."

"알겠습니다."

조원들에 대한 얘기가 나오자 서윤은 괜히 들뜨는 기분이
들었다. 미안한 마음도 분명 있었지만 보고 싶은 마음, 설레는
마음이 더 컸다.

종리혁과의 짧은 만남을 뒤로하고 세 사람은 서둘러 조원
들이 있는 곳으로 발걸음을 옮겼다.


의협대 삼조가 해산하기 전 사용하던 숙소로 향하는 동안

서윤은 안타까움을 금치 못했다.

아무리 그래도 이렇게나 외진 곳에 자리하고 있을 줄은 몰랐던 것이다.

설시연 역시 서윤과 같은 생각이었다.

그간 이들이 얼마나 힘들게 생활해 왔는지 알 수 있는 대목이다.

그런 두 사람과 달리 천보는 덤덤한 표정으로 두 사람을 안내했다.

안타까움과 미안한 마음이 교차하며 한참을 걸어 이동하자 멀리 숙소로 보이는 건물 하나가 눈에 들어왔다.

서윤은 그것을 보자 더욱 마음이 아팠다.

"후우……."

천천히 발걸음을 옮기며 서윤은 깊게 심호흡을 했다. 긴장을 떨치려는 시도였다.

"긴장되십니까?"

"예, 긴장이 되는군요."

서윤의 말에 천보가 미소를 지었다.

"그 많은 적 사이에서는 긴장이라는 걸 찾아볼 수 없었는데 이런 때에는 긴장을 하시는군요."

"이번에는 다르니까요."

그렇게 짧은 대화를 나누는 사이 세 사람은 숙소 앞에 도착했다. 천보는 직접 문을 열지 않고 문 옆으로 비켜섰다.

서윤이 직접 열고 들어가도록 하기 위함이다.

천보의 의도를 읽은 서윤은 문고리를 잡고 다시 한 번 크게 심호흡을 했다.

그러고는 문고리를 잡은 손에 힘을 주어 안으로 밀고 들어 갔다.

끼이익!

경첩에서 요란한 소리가 들리며 천천히 문이 열렸다.

문이 열리면서 문을 여는 사람의 모습이 서서히 드러날수록 숙소 안에 있는 사람들의 시선이 한곳으로 모여들었다.

이윽고 문이 모두 열리고 서윤의 모습이 온전히 드러났다.

조원들도, 그리고 서윤도 아무 말 없이 서로를 바라보고만 있었다.

서윤은 조원들을 보면 하고 싶은 말이 많았다. 하지만 지금 이 순간 아무런 말도 할 수가 없었다.

이는 조원들도 마찬가지였다. 서윤이 오면 어떻게 반응해야 할까, 어떻게 대해야 할까 많은 생각을 했지만 정작 서윤을 보자 아무런 말도 할 수가 없고 아무런 행동도 할 수가 없었 다.

"형님!"

역시나 먼저 정적을 깬 사람은 위지강이었다.

서윤과 가장 친하게 지내던 사람이고 그가 돌아오길 가장 기다린 사람이기도 했다.

위지강의 목소리에 서윤이 미소를 지었다.

그리고 그것을 신호로 조원들이 서윤에게 모여들었다.

"살아 있어서 다행입니다!"

"덕분에 우리도 이렇게 잘 지내고 있습니다."

모여든 조원들이 저마다 하고 싶던 말을 쏟아내었다. 각각 표현은 달랐지만 결국은 '다행이다'는 말이었다.

"자, 오랜만에 만나서 하고 싶은 얘기들이 많겠지만 우선 다들 자리에 앉으시지요."

결국 천보가 정리하고 나섰다. 그러자 조원들이 하나둘 자리에 앉았다.

서윤은 자리에 앉은 조원들의 얼굴을 하나씩 눈에 담았다. 그러다가 이 자리에 없는 몇몇 얼굴들이 떠올라 천보를 바라보았다.

서윤의 시선에 천보가 무거운 표정으로 고개를 저었다.

그것이 무슨 의미인지 단번에 알아차린 서윤의 표정에 슬픔이 담겼다.

"미안합니다."

서윤이 조원들에게 사과했다. 그러자 부조장 역할을 해온 영호광이 고개를 저으며 말했다.

"서 소협이 미안해할 이유가 하나도 없습니다. 우리의 목숨을 수차례나 구해주었기에 지금 우리가 여기에 앉아 있는 거니까요. 저뿐만 아니라 모두가 같은 생각일 겁니다."

영호광의 말에 조원들이 고개를 끄덕였다.

"고맙습니다. 정말 고맙습니다."

서윤은 연신 고맙다고 말했다. 조원들의 말에 서윤은 마음속 깊은 곳에서부터 울컥하고 무언가가 올라오는 것을 느꼈다.

"형님, 그러지 말고 그동안 무슨 일이 있었는지 얘기 좀 해주세요!"

분위기를 바꾸려는 듯 위지강이 밝은 목소리로 물었다. 그러자 다른 조원들도 궁금하다는 듯 서윤을 쳐다보았다.

그에 서윤은 난감하다는 듯 머리를 긁적였다.

"회포 푸는데 미안하군."

난감해하는 서윤을 구해준 건 제갈공이었다. 제갈공이 숙소로 들어오자 조원들 모두가 자리에서 일어섰다.

"아, 다들 앉도록. 전달할 것이 있으니."

제갈공의 말에 조원들이 모두 자리에 앉았다. 서윤과 설시연, 천보 역시 한쪽의 빈자리에 앉았다.

"우선 새롭게 모인 의협대 삼조는 이 이상의 인력 충원 없이 한 개 대대로 활동하게 된다. 이름은 기존의 의협대 그대로 사용하게 될 것이다. 그리고 천보."

"예."

"양해를 구하려고 하네."

"말씀하시지요."

"새롭게 시작하는 의협대의 대주는 여기 있는 서윤이 맡았으면 하는데."

제갈공의 말에 서윤이 놀란 표정을 지었다. 특별히 직책을 원해서 이곳에 온 것이 아니기에 전혀 예상하지 못한 까닭이다.

"물론입니다. 저 역시 그것이 맞다고 생각합니다."

천보가 제갈공의 말에 흔쾌히 동의했다. 그러자 제갈공이 고개를 끄덕이더니 말을 이었다.

"좋다, 서윤을 대주로 하는 의협대는 소규모 부대로서 적과의 전면전이 아닌 측면, 후방 등 지역을 가리지 않고 흔드는 역할을 하게 될 것이며 필요시에는 지원군 역할을 하게 될 것이다."

제갈공의 말에 설시연의 입이 벌어졌다.

중요한 일이지만 결국 가장 힘든 일을 맡기겠다는 뜻이기 때문이다.

설시연이 서윤을 바라보았다.

하지만 서윤은 가만히 듣고만 있을 뿐 별다른 표정의 변화를 보이지 않았다.

"정식으로 재 창단 절차를 거침에 따라 의협대의 숙소 역시 이곳에서 창무전(蒼武殿)으로 옮겨 갈 것이다. 그리고 설 소저."

"네."

"설 소저는 어떻게 하겠습니까? 의협대에 속한 무인으로서 함께하겠습니까, 아니면 의협대와 함께하지만 협조하는 형식을 취하겠습니까?"

"다른 점이 있나요?"

설시연의 물음에 제갈공이 미소를 지으며 말했다.

"큰 차이는 없습니다. 다만 행정상의 절차가 있기 때문에 묻는 겁니다."

그 말에 설시연이 서윤을 쳐다보았다.

"하고 싶은 대로 해요."

서윤의 말에 설시연은 큰 고민 없이 제갈공에게 말했다.

"저도 대원이 되겠어요."

"와아아!"

설시연의 말에 위지강이 홀로 두 손을 번쩍 들며 환호성을 질렀다. 그러자 모든 이의 시선이 위지강에게 쏠렸다.

민망한 상황에 위지강이 슬그머니 손을 내렸고, 대원들 몇몇이 실소를 흘렸다.

"좋습니다. 그럼 지금 이 시간부터 의협대 대원으로 대하도록 하겠습니다."

"네."

설시연의 대답을 들은 제갈공이 계속해서 말을 이었다.

"의협대는 곧장 창무전으로 짐을 옮긴다. 설시연은 시커먼 사내들과 함께 지낼 수 없으니 방을 따로 마련하겠다."

"대주님과 같은 방을 써도 되나요?"

"우워어어어!"

설시연의 돌발 발언에 이번에는 대원들 모두가 환호성을 질렀다. 많이 성숙하기는 했으나 그들도 들끓는 이십 대 청춘이었다.

그렇게 되자 당황스러운 사람은 서윤이었다.

아무런 말도 하지 못하고 얼굴이 새빨갛게 달아올랐는데, 그것을 본 위지강이 놀리듯 말했다.

"그간 무슨 일이 있었나 했더니 형수님이 생긴 겁니까?"

"다행이네. 평생 총각으로 사는 건 아닌가 걱정했는데."

"그러게. 얌전한 고양이가 부뚜막에 먼저 오른다더니……."

위지강을 시작으로 대원들 몇몇이 장난기 섞인 말을 쏟아냈다. 그에 서윤은 더욱 얼굴을 들 수 없었다.

하지만 정작 발언의 주인공인 설시연은 아무렇지도 않다는 듯 태연한 표정을 짓고 있었다.

"뭐, 원한다면 그렇게 하지."

"감사합니다."

설시연이 미소를 지으며 살짝 고개를 숙였다.

"자, 의협대는 지금 바로 숙소를 옮기도록. 본격적인 임무 하달은 내일 하겠다. 이상!"

전달 사항을 모두 전달한 제갈공이 몸을 돌려 숙소를 빠져나갔다.

그러자 대원들이 서윤에게 몰려들어 이것저것 캐물으려 했다.

하지만 그런 낌새를 눈치챈 서윤이 곧장 설시연의 손목을 잡고 숙소를 빠져나갔다.

서윤의 재빠른 움직임에 대원들은 입맛을 다실 수밖에 없었다.

"에잇! 무공 익혀서 이런 데 써먹다니."

모두의 공감을 산 위지강의 한마디는 덤이었다.


어렵게 숙소에 도착한 서윤은 안도의 한숨을 내쉬었다. 그러고는 설시연을 보며 말했다.

"거기서 그런 얘기를……."

"왜요? 싫어요?"

설시연이 싱글싱글 웃으며 물었다. 그에 서윤이 당황한 표정으로 고개를 저었다.

"아니, 싫은 건 아니지만… 따로 얘기할 수도 있었잖아요. 전음으로 하는 방법도 있고."

"굳이 번거롭게 그럴 필요가 없잖아요. 어차피 다 알게 될 일인데."

설시연의 말에 서윤은 말문이 막혔다. 그녀의 말이 맞기는 했지만 그래도 당황스러운 건 어쩔 수 없었다.

그런 서윤의 반응이 재미있는지 씩 웃은 설시연이 말했다.

"전 좀 씻을게요."

그렇게 말하며 설시연이 방을 나섰고, 그런 그녀의 뒷모습을 보며 서윤은 작게 한숨을 내쉬었다.


설시연이 다 씻고 돌아오자 서윤은 서둘러 방을 나섰다.

창무전의 살림을 담당하는 사람들이 미리 준비해 놓은 따뜻한 물에 몸을 담그고 씻은 서윤은 방으로 다시 돌아갈 생각을 하니 왠지 어색한 기분이 들었다.

옷을 모두 입은 서윤은 쭈뼛거리며 방 쪽으로 걸음을 옮겼다.

방문 앞에 선 서윤은 문고리를 잡고 안쪽의 기척을 살폈다.

규칙적인 호흡 소리만 들리는 것이 설시연이 먼저 잠이 든 모양이다.

'휴, 차라리 적 백 명을 상대하는 게 훨씬 낫겠군.'

속으로 그렇게 중얼거린 서윤은 조심스럽게 문을 열고 안으로 들어갔다.

혹여나 소리가 나서 그녀를 깨우지 않을까 조심스럽게 들어간 서윤은 방 안을 살폈다.

침상에서는 설시연이 잠을 청하고 있었기에 바닥에서 자야겠다고 생각한 서윤이지만 생각보다 크지 않은 방인 탓에 그마저도 마땅치 않았다.

'허허, 이거 참.'

그렇게 중얼거린 서윤은 어쩔 수 없다는 듯 조심스럽게 침상으로 다가갔다.

설시연은 두 사람이 충분히 누울 수 있는 크기의 침상에서 서윤이 누울 자리를 따로 비워둔 듯 한쪽으로 치우쳐 자고 있었다.

서윤은 조심스럽게 그녀의 옆에 누웠다.

따뜻한 물에 몸을 담근 후 찾아온 잠이 순식간에 달아나는 것 같았고 심장이 쿵쾅거렸다.

서윤은 반듯하게 누워 두 손을 가슴에 모은 채 옴짝달싹하지 않고 천장만 바라보고 있었다.

그때, 등을 보이고 누워 있던 설시연이 서윤 쪽으로 돌아누웠다. 그에 서윤은 움찔하며 몸을 꿈틀거려 살짝 거리를 띠웠다.

'미치겠네.'

서윤은 심장이 더욱 강하게 뛰는 것을 느끼며 곤욕스러운 표정을 지었다.

"뭐 해요?"

"예?"

갑자기 들려온 설시연의 목소리에 서윤은 화들짝 놀라며 그녀를 바라보았다.

서윤 쪽으로 돌아누운 설시연은 눈을 뜨고 있었다. 처음부터 자지 않은 듯 눈이 말똥말똥했다.

"아, 안 잤어요?"

"그럼요. 먼저 잤으려고."

그렇게 말하며 설시연이 서윤의 가슴팍에 머리를 대고 기대어 누웠다.

서윤은 혹여나 자신의 심장 소리가 들릴까 숨을 죽인 채 가만히 있었다.

"심장이 빠르게 뛰네요."

설시연이 나직이 중얼거렸다. 서윤은 아무런 말도 할 수가 없었다.

"이렇게 있으니까 좋아요. 너무."

"저, 저도요."

서윤이 더듬거리며 겨우 말을 내뱉었다. 그것만으로도 심력 소모가 상당했다.

"앞으로 평생 이럴 수 있겠죠?"

설시연의 물음에 서윤은 가만히 그녀를 내려다보았다.

"그럼요."

서윤이 중얼거리듯 말했다. 그에 설시연이 고개를 들어 서윤을 가만히 바라보았다.

둘은 서로를 그렇게 말없이 바라보고 있었다.

그리고 그 순간, 설시연이 고개를 더 들어 서윤에게 입을 맞췄다.

당황한 듯 커지는 서윤의 눈. 하지만 이내 서윤의 눈도 스르르 감겼다.

잠시 서윤의 입에 입맞춤을 한 설시연이 다시 떨어졌다.

"두려워요. 이런 행복이 짧을까 봐."

"그렇게 되지 않을 겁니다. 내가 그렇게 만들 거니까."

서윤이 그녀를 안심시키려는 듯 말했다. 어찌 들으면 자신에게 하는 다짐 같기도 했다.

서윤의 말에 위안을 받았는지 설시연이 다시 서윤의 가슴에 머리를 묻었다.

서윤은 그런 설시연의 머리를 가만히 쓸어주었다.

그렇게 잠시 동안 설시연을 품에 안고 있던 서윤이 그녀의 고개를 들었다.

다시 마주치는 눈.

이번에는 서윤이 그녀의 입술을 훔쳤다. 설시연은 당황하지 않고 가만히 눈을 감았다.

두 사람의 입술이 서로의 입술을 탐했다.

그러기를 잠시, 이번에는 서윤의 손이 그녀의 몸을 쓸어갔다.

설시연은 옷 위지만 서윤의 손길이 닿을 때마다 몸을 움찔거렸다. 하지만 그렇다고 몸을 피하지는 않았다.

옷 위를 쓸던 서윤의 손길이 점차 옷 속으로 파고들었다.

어설픈 손놀림으로 그녀의 앞섶을 풀고 이내 봉긋한 가슴을 움켜쥐었다.

점차 거칠어지는 두 사람의 호흡 속에 방 안의 분위기는 달아오르기 시작했고, 이내 하나가 되는 몸짓과 함께 환희에 찬 교성이 터져 나왔다.

그날 밤, 창무전 서윤의 방과 가까운 곳에 숙소를 배정 받은 대원들은 외로움에 뜬눈으로 밤을 지새울 수밖에 없었다.


다음 날.

서윤과 설시연이 방을 나섰다. 복도에서 마주친 대원들은 의미심장한 미소와 함께 서윤에게 고개를 숙였다.

전날 밤에 있던 일 때문이라는 것을 눈치채지 못한 서윤은 어리둥절한 표정을 지었고, 서윤보다 눈치가 빠른 설시연은 얼굴을 붉혔다.

식당에서 식사를 하는 동안에도 대원들은 두 사람을 힐끗거리며 미소를 짓고 자신들끼리 속닥거렸다.

여전히 무엇 때문인지 눈치채지 못한 서윤은 식사를 마치고 제갈공을 찾았다.

아침에 미리 식사를 마친 후 찾아오라는 전갈을 받은 상태였다.

서윤이 집무실에 도착하자 제갈공이 지도가 넓게 펼쳐져 있는 탁자 쪽으로 그를 불렀다.

"잠은 잘 잤는가?"

"예, 잘 잤습니다. 편하더군요."

"예민한 사람은 잠자리가 바뀌면 잘 못 자기도 하는데 그렇지는 않은 모양이군."

"예."

짧게 안부를 물은 제갈공이 지도 쪽으로 시선을 옮겼다.

지도에는 각 지역별로 아군과 적의 전투 상황 등이 어지럽게 그려져 있었다.

"다른 곳은 볼 필요 없고, 우선 이쪽을 보게."

제갈공이 가리킨 곳은 광서성이었다. 그중에서도 불산과 멀지 않은 곳이다.

"귀주와 광서 양쪽 모두 위험하다는 개방의 전언이네. 하지만 지금 여력으로는 양쪽 모두를 신경 쓸 수가 없어. 여러 가지로 생각해 봤을 때 광서성 쪽이 우선이라는 결론을 내렸네."

"상황은 어떻습니까?"

"좋지 않아. 광서성에 있는 여러 문파들이 제법 힘을 내고는 있는 모양이지만 적을 몰아낼 여력은 물론이고 버텨내는 것도 쉽지 않은 상황이네. 광동성 쪽에서도 지원을 간 모양이지만 그마저도 여의치 않는 모양이야."

제갈공의 말에 서윤은 불산을 찾았을 때 연을 맺은 신월파를 떠올렸다.

'무사해야 할 텐데.'

비록 작은 인연이었지만 그때의 일로 서윤은 많은 것을 얻었다. 그런 그들이 큰 화를 입었다면 견디기 어려울 것 같았다.

"바로 출발해야 하네. 그러니 대원들을 곧장 준비시키게. 광서성까지 이동할 말은 내가 미리 준비해 두겠네."

"알겠습니다."

"상세한 내용은 출발 전에 가져다주겠네. 시간이 없어 말로 다 전하기는 어려우니 가면서 보게."

"그렇게 하겠습니다."

짧게 대답한 서윤은 서둘러 제갈공의 집무실을 나섰다.


*          *          *


창무전으로 돌아온 서윤은 대원들을 모두 불러 모았다.

임무가 내려왔다는 것을 직감한 대원들은 출정 준비를 마친 상태였다.

"임무입니다. 우리는 곧장 광서성으로 떠납니다."

광서성이라는 말에 대원들의 눈이 빛났다. 아픈 기억이 있는 곳이지만 그만큼 다시 그곳에 가서 모든 것을 떨쳐내고 싶다는 생각을 해오던 대원들이다.

"전날 들은 것처럼 우리는 전면전을 펼치지는 않습니다. 하지만 전면전을 펼친 것만큼의 효과는 볼 생각입니다."

서윤의 말에 대원들의 눈이 다시금 빛났다. 그런 눈빛으로 자신을 바라보는 대원들을 향해 서윤이 낮고 강한 목소리로 말했다.

"더 이상의 도망은 없습니다. 그리고 더 이상 동료를 잃는 일도 없습니다. 저들은 저의, 그리고 우리의 무서움을 알게 될 겁니다."

서윤의 그 말 한마디에 대원들의 사기가 하늘을 뚫을 듯 높아졌다.

　사기가 충천한 의협대는 곧장 무림맹을 빠져나갔다.

　광서성을 향해 달리는 그들의 질주가 예사롭지 않아 보였
다.

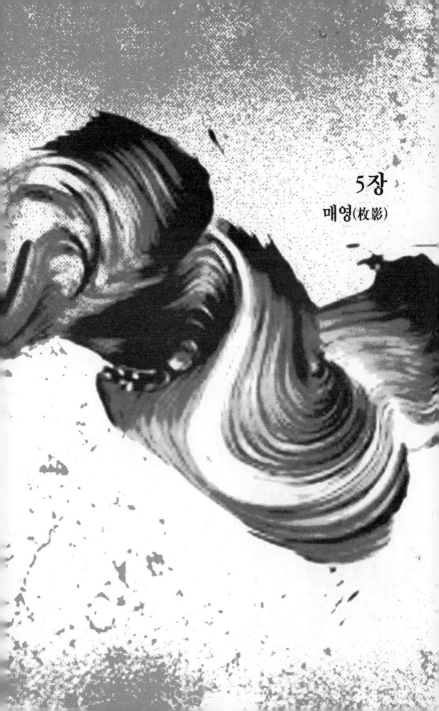

5장
매영(枚影)

風神 徐潤

풍신 서윤

태사현은 몸이 묶인 채 누워 있는 서시를 심각한 표정으로 내려다보고 있었다.

그 옆에는 동이 있고 반대편에는 걱정스러운 표정으로 서시를 내려다보고 있는 봉황곡 살수 몇 명이 있었다.

"실혼인을 치료해 달라니……."

태사현이 중얼거렸다. 실혼인을 치료하는 것은 한 번도 생각해 본 적이 없었다.

아니, 정확히 말하면 치료할 수 있는 방법이 없기 때문에 시도할 생각조차 해본 적이 없었다.

하지만 서윤의 부탁이 있었다는 얘기에 우선은 서시의 상태를 살피기로 하고 지금 이렇게 눕혀놓은 것이다.

"방법이 있겠습니까?"

봉황곡 살수가 조심스럽게 물었다.

서시가 실혼인이 되었다는 이야기를 들었을 때에는 이제 다시는 곡주를 되돌릴 수 없다는 사실에 절망스러웠다.

지금 역시도 치료할 수 있는 방법이 없다는 것은 짐작하고 있었으나 앞에 앉아 있는 이가 의선이기에 일말의 희망을 품고 있었다.

"실혼인은 이미 그 생명이 다한 것이라 보면 됩니다. 단순히 정신 금제를 당한 것과는 차원이 다르지요. 일단 치료법은 없다고 보면 됩니다."

태사현의 말에 봉황곡 살수의 표정에 절망이 물들었다. 그때, 곁에 있던 동이 입을 열었다.

"방법이 있을지도 모릅니다."

그 말에 모든 이의 시선이 동에게 쏠렸다.

"방법이라니?"

"마의가 보낸 내용 중 비슷한 것을 본 것 같습니다."

"가져와 보거라."

태사현의 말에 동이 서둘러 자신의 방으로 달려갔다. 그러고는 얼마의 시간이 지난 후 서찰 뭉치를 들고 돌아왔다.

서찰 뭉치를 뒤져 보던 동이 한 장의 서찰을 읽고는 태사현에게 건넸다.

"이것입니다."

동으로부터 서찰을 건네받은 태사현이 내용을 읽어 내려갔다.

이 서찰을 진지하게 읽을 일이 없길 바라지만 혹시라도 그러고 있다면 검왕이 실혼인이 된 상태이거나 실혼인이 된 누군가를 치료해야 할 상황이라 생각하오.

정도의 의술로 실혼인을 치료한다는 것은 전혀 생각하지 않았을 것이오. 하지만 마도의 의술은 다르오. 정확히 말하자면 치료법이 아닌 파훼법을 찾는 것에 가깝다고 할 수 있지.

의선도 알다시피 실혼인은 대법에 의해 만들어지는 것이오. 살아 있는 사람을 대상으로 대법을 펼치고 각종 약품을 이용해 만드는 것, 그것이 바로 실혼인이오.

여기까지는 태사현도 아는 내용이다. 하지만 그다음부터는 그가 모르는 내용이 적혀 있었다.

실혼인에 대한 연구를 꾸준히 해왔소. 음귀곡이 멸문하지 않고 그 명맥을 이어오고 있지만 마교와 손을 잡은 이후 그것에 대한 연구가 내게 넘어왔기 때문이오.

내가 알아낸 것 중 가장 큰 것은 실혼인은 정신이 봉인된 것이지 사라진 것이 아니라는 것이오.

하지만 중요한 것은 지금부터요. 정신을 봉인한 대법이 무엇인지가 명확하지 않소. 음귀곡에서 그것까지는 내놓지 않았기 때문이오.

그 때문에 마도 쪽에서 전해져 오는 고서들을 뒤질 수밖에 없었고, 그중 유사한 결과를 만들어내는 대법들을 찾아냈소. 그것들이 바로 다른 서찰들에 적은 대법들이오.

일단 밝혀낸 것은 여기까지요. 거기에 계속된 연구로 몇 가지 가설을 세우기는 했으나 이것은 어디까지나 가설일 뿐 명확하지는 않소.

첫 번째 가설은 실혼인의 정신을 되돌리면 실혼인으로 만든 육신이 붕괴될 가능성이 있다는 것이오. 두 번째는 정신이 되돌아오게 되어도 육신은 그대로 유지된다는 것이오.

이 두 가지 가설을 세우고 연구했으나 명확하게는 밝혀내지 못했소. 한 가지 확실한 것은 어떤 경우에서든 정신을 되돌린다 해서 육신도 원래대로 되돌아오지 않는다는 것이오.

이는 치료를 한다 해도 실혼인이되 실혼인이 아닌 삶을 살게 된다는 뜻. 정말 중요한 사람이 아니라면 차라리 목숨을 끊어주는 것이 훨씬 나은 선택이 될 수 있소.

마의가 쓴 서찰의 내용은 여기까지였다. 서찰의 내용이 분명 도움이 되기는 했으나 더 큰 고민을 안겨주기도 했다.

"방법을 찾을 수도 있을 것 같소."

"정말입니까?"

봉황곡 살수의 물음에 태사현이 가만히 고개를 끄덕였다.

"하나 선택은 그대가 해야 할 듯하오."

태사현의 말에 봉황곡 살수가 무슨 말이냐는 듯 그를 쳐다보았다.

그에 태사현은 마의의 서찰에 적혀 있는 두 가지 가설을 얘기해 주었다.

이렇게 하나 저렇게 하나 결국 서시에게는 못할 짓이라는 생각이 들자 봉황곡 살수도 고민이 될 수밖에 없었다.

살수가 서시를 내려다보았다.

입에 재갈을 물리고 몸을 꽁꽁 묶은 탓에 옴짝달싹 못하고 있었으나 초점 없는 눈동자만큼은 바쁘게 움직이고 있었다.

"고민할 시간을 좀 주십시오."

"그러시구려."

태사현이 고개를 끄덕이며 봉황곡 살수의 부탁을 들어주었다. 그러고는 동과 함께 방을 나섰다.

방 안에는 서시와 함께 살수 몇 명만 남아 있었다.

모두가 태사현의 이야기를 들은 상황.

그들 모두 어떻게 하는 편이 좋을지 갈피를 잡지 못하고 있었다.

봉황곡 살수가 가만히 눈을 감았다.

'어떻게 하는 것이 옳은 일이란 말인가!'

살수는 서윤을 떠올렸다. 어떻게 해서든 복수를 하겠다는 말. 서윤은 그것에서 그치지 않고 서시를 자신들에게 보내주었다.

치료할 수 있는 방법이 있다면 어떻게 해서든 되돌리고 싶다는 의지이리라.

하지만 자신이 들은 이러한 부작용은 생각지 못했을 것이다.

'그라면 어떤 결정을 내렸을까.'

서윤에게 서시도, 서시에게 서윤도 서로가 서로에게 결코 가볍지 않은 존재라는 것을 알고 있다.

아니, 정확히 말하면 서시에게 있어 서윤은 굉장히 큰 존재였다.

지금 본인은 인지하지 못하고 있을지 모르지만 만약 알고 있다면 얼마나 안타깝겠는가.

'마지막 순간에라도 온전한 정신으로 얼굴을 보여주는 것이 낫지 않을까.'

오랜 고민 끝에 봉황곡 살수가 내린 고민의 결론은 그것이었다.

다시금 봉황곡의 곡주로 돌아올 수 없다 하더라도 한(恨)은 남기지 말자는 것.

봉황곡 살수가 눈을 떴다. 그러고는 곁에 앉아 있는 다른 살수들에게 말했다.

"의선께 전하도록. 치료를 하겠다고."

*　　　　*　　　　*

서윤이 이끄는 의협대는 빠른 속도로 광서성을 향해 달렸다.

오랜 시간 몸과 마음을 쉬게 한 그들은 체력적으로 충만한 상태였다. 그 덕분에 무리다 싶을 정도의 속도로 오랜 시간 말을 달려도 지치지 않았다.

형산에서 출발해 광서성 초입과 맞닿은 신녕(新寧)현에 도착한 것이 불과 사흘 만이었다.

족히 팔 일은 걸릴 거리를 사흘 만에 도착했으니 그 체력을 능히 짐작할 수 있었다.

동이 틀 무렵 신녕현에 도착한 의협대는 하루를 쉬어 가기로 했다. 광서성의 상황을 생각하면 쉴 틈이 없었으나 이쯤에서 하루 정도 쉬면서 정비할 필요가 있었다.

의협대 앞으로 나온 활동 지원비는 설시연이 관리하고 있었다.

상단의 여식이기도 했고 아무래도 남자들보다는 좀 더 꼼꼼한 면이 있을 테니 믿고 맡길 수 있겠다 싶어 내린 결정이다.

설시연 역시도 굳이 마다하지 않고 흔쾌히 그 역할을 맡았다.

객점으로 들어간 설시연은 인원수에 맞춰 방을 잡았다. 물론 무림맹에서처럼 그녀는 서윤과 한방을 쓰기로 했다.

둘 사이가 그렇고 그런 사이라는 것은 의협대원 모두가 아는 사실이지만 그래도 부러운 건 어쩔 수가 없었다.

아직 짝이 없는 그들이 보기에 설시연같이 아름다운 여인과 한방을 사용하는 서윤이 부럽지 않을 리가 없었다.

설시연은 대원들에게 일일이 방을 배정해 주었다. 그렇게까지 많은 인원은 아니었으나 단체 손님을 받아본 경험이 별로 없는 점소이는 정신없이 뛰어다니며 대원들을 안내했다.

방을 배정 받은 대원들은 간단히 짐을 풀고는 다시 일층에 모였다. 식사를 하기보다는 앞으로의 일에 대한 이야기를 나누기 위함이었다.

대원들이 모여 있는 자리로 서윤과 설시연이 다가와 앉았다.

"다들 모였습니까?"

"예."

대원들이 크지 않은 목소리로 대답했다.

"이제 곧 광서성이니 지금 전달하는 내용만 숙지해 두고 오늘 하루 푹 쉬십시오."

서윤의 말에 대원들이 고개를 끄덕였고, 서윤은 출발 전 제갈공으로부터 받은 광서성의 상황이 적힌 서찰을 펼쳤다.

"일단 출발 직전에 받은 내용이라 지금은 상황이 조금 변했을지도 모른다는 것을 감안하고 들으십시오. 우선 광서성에 있는 열일곱 개의 문파들이 필사적으로 마교 쪽의 공세를 막아내고 있습니다. 그중 멸문한 문파가 넷, 전력의 반 이상을 잃은 곳도 다섯 곳이나 됩니다. 이 숫자는 변동이 있을 수 있겠군요."

"거의 반절 가까운 전력을 잃은 것이나 마찬가지로군요."

서윤의 말이 끝나자 영호광이 중얼거리듯 말했다.

"맞습니다. 관건은 마교 측 전력이 어느 정도 되느냐 하는 것입니다. 아무래도 대문파가 없다 보니 막강한 전력을 투입하지는 않았을 것 같지만 상황이 생각한 대로 흘러가지 않으면 더 강한 자들이 나타날지도 모릅니다."

"현 상황을 대략적이나마 알고 가면 훨씬 낫겠군요."

천보의 말에 서윤이 고개를 끄덕였다. 하지만 아직까지 개방에서는 아무런 전갈이 오지 않고 있었다.

무림맹에서 자체적으로 파악한 굵직한 사건들을 바탕으로 전력 분배 등을 판단하면 개방에서 그에 따른 실시간 상황을 전달하는 식으로 정보망 운영이 이뤄지고 있었다.

"곧 개방에서 어떤 식으로든 연락이 올 겁니다. 그러니 여러분은 오늘 하루 푹 쉬십시오. 출발은 내일 묘시 초에 하겠습니다."

서윤의 말에 설시연이 고개를 홱 돌려 그를 쳐다보며 물었다.

"묘시라고요? 전 진시까지로 방을 잡았다고요."

그 말에 서윤은 설시연에게 왜 그랬냐는 시선을 보냈고, 설시연은 왜 묘시에 출발하느냐는 시선을 보냈다.

잠시 설시연을 바라보던 서윤이 고개를 돌려 대원들을 바라보며 말했다.

"진시 초에 출발하겠습니다."

서윤의 그 말에 대원들이 피식피식 웃으며 자신들의 방으로 돌아갔다.


낮 시간이 지나고 저녁때가 됐음에도 개방에서는 아무런 소식이 없었다.

아직 출발하기까지 시간이 많이 남아 있기는 했으나 이쯤

되니 서윤도 초조해지지 않을 수가 없었다.

　서윤과 달리 대원들은 느긋하게 모처럼의 휴식을 만끽하고 있었다.

　밖으로 나가 돌아다니지는 않았으나 잠을 청하기도 하고 운기를 하기도 하며 나름대로의 방법으로 휴식을 취하고 있었다.

　그렇게 시간이 흘러 저녁때가 되었을 때, 식사를 하기 위해 식당으로 이동하던 서윤은 날카로운 기운을 느꼈다. 이는 옆에 있던 설시연 역시 마찬가지였다.

　두 사람은 눈을 마주친 뒤 조용히 객점을 빠져나가 자신들을 향하는 기운 쪽으로 발걸음을 옮겼다.

　누가 본다면 다정한 연인이 산책 중이라고 느낄 정도로 태연한 걸음걸이로 간간이 미소도 지었지만 신경은 예민하게 벼르며 기운을 쫓고 있었다.

　골목을 돌아 으슥한 곳에 도착한 두 사람은 웃는 낯을 풀고 날카로운 표정을 지었다.

　이어 주변을 두리번거리며 자신들을 이곳까지 유인한 인물을 찾기 시작했다.

　물론 두 사람 모두 언제든 출수할 수 있도록 만반의 준비를 해놓은 상태였다.

　"안녕?"

그때 두 사람 앞에 불쑥 한 사람이 나타났다. 앳된 소녀처럼 보이지만 결코 무시할 수 없는 기운을 가진 여성. 화산파 멸문 당시 담천과 함께 있던 매영이었다.

"누구지?"

"매영."

"이름 말고 정체."

서윤이 경계심을 고스란히 드러내며 물었다. 그러자 매영이 미소를 지으며 말했다.

"적이었던 사람."

"이었던?"

과거형 답변에 서윤이 인상을 찌푸렸다. 날카로운 기운을 쏘아 보내 자신들을 이곳까지 유인한 사람의 입에서 나온 말이라 더욱 믿음이 가질 않았다.

"그래, 적이었던 사람이야. 물론 아직까지 소속은 마도 쪽에 있지."

"계속하시오."

서윤의 말에 매영이 다시 입을 열었다.

"그 아이, 너희가 데리고 있지?"

"그 아이? 누굴 말하는지 모르겠군."

"봉황곡주."

매영의 입에서 서시가 튀어나오자 서윤은 더욱 경계심을 가졌다.

"그녀는 왜?"

"찾고 있어."

"그러니까 왜 찾느냐 묻고 있소."

서윤의 몸에서 약간의 살기가 흘러나왔다. 그러자 매영이
손사래를 치며 말했다.

"잠깐, 진정하라고. 싸우려고 온 거 아니라니까."

"싸우기 싫으면 짧은 대답 말고 상세한 대답을 해야 할 것
이오."

서윤의 말에 매영이 고개를 끄덕이더니 말을 이어갔다.

"그 아이는 내 동생이야. 그 아이 이름은 매향(梅香)이지. 언
니가 있다는 말은 들어봤어?"

"듣지 못했소."

"하, 그럼 못 믿을 가능성이 높은데."

"듣고는 있으나 당신의 말은 처음부터 믿지 않았소."

"좋아, 어쨌든 그 아이가 내 동생이라는 건 사실이야. 어려
서 헤어졌고 난 마도 쪽으로, 그 아이는 봉황곡에서 키워졌
지. 그날 만나기 전까지 서로 연락 한번 하질 않았지. 아니,
할 수가 없었어. 매향이는 내가 어디서 뭘 하는지 전혀 알지
못했으니까. 나만 알고 있었지."

"그날이라면 의선과 함께한 그날을 말하는 거요?"

"그래, 그날. 그날 만났어."

"당신이었군. 그녀를 데려간 것이."

"반만 맞아. 나와 함께 간 건 맞지만 매향이는 두 발로 자진해서 나를 따라 나섰어. 물론 그러도록 설득한 건 나지만."

매영의 말에 서윤은 인상을 찌푸렸다. 도저히 믿을 수가 없었기 때문이다.

"좋소, 그럼 그녀를 찾는 이유는 무엇이오? 따라갔다면 그녀와 함께했을 것이고 무슨 일을 하고 있는지도 알 텐데."

"아니, 난 몰라. 매영이를 데리고 간 이후 어느 날 갑자기 사라졌어. 임무 때문에 다른 데에 가 있던 때였으니까. 그리고 나중에 알았지. 그 아이를 실혼인으로 만들었다는 걸."

"모르고 있었단 말이오?"

"그래, 모르고 있었어. 아까 말한 것처럼 임무 때문에 다른 곳에 갔다 왔는데 그 아이의 모습은 보이질 않았지. 수소문을 해보니 음귀곡에서 데리고 갔다는 거야. 뒤늦게 음귀곡에 찾아갔지만 이미 늦었지."

그렇게 말하는 매영의 눈이 촉촉해졌다. 그것을 본 설시연이 서윤에게 전음을 보냈다.

[일단 어느 정도는 믿어도 될 거 같아요.]

[믿음이 안 가는데.]

[저 눈, 진심이 아니면 저럴 수 없어요. 물론 일부 여자들은 눈물을 무기로 사용하기도 하지만 그건 어디까지나 남자를 꼬실 때…….]

거기까지 말한 설시연이 돌연 전음을 끊었다.

왠지 자신의 밑천을 다 드러내는 것 같다는 생각 때문이다. 두 사람이 그러는 사이에도 매영의 말은 이어졌다.

"난 화가 머리끝까지 났어. 하지만 당장 어떻게 할 수 있는 방법은 없었지. 마교 쪽의 감시는 계속되고 있었으니까."

"감시?"

"그래. 말이 통합이고 협력이지 사실상 마교 외에 다른 마도 문파들은 이용당하고 버려지는 패야. 지금까지 마교 본진의 전력이 드러난 적은 거의 없을걸. 지금까지 중원을 공격한 마교 쪽 부대들은 아무것도 아니야. 수라마대도 그렇고 혈견단도 그렇고, 강서성 쪽으로 갔던 혈랑대와 사령단 모두 마교의 주력 부대는 아니었어. 음귀곡, 패왕문 등 마교에 달라붙은 문파들이 전부 앞장섰지. 녹림도 그렇고. 기세 좋게 일어나서 부활을 외치던 녹림은 어떻게 됐지? 정도 무림에 큰 흠집만 내고 잠잠해졌잖아. 토사구팽. 그게 지금 마교의 전략이야."

매영의 말을 듣고 곰곰이 생각해 보니 맞는 말인 듯했다.

서윤은 그녀의 말을 어디까지 믿어야 할지 혼란스러워지기 시작했다.

"이런 얘기를 해주는 이유는?"

"비록 내가 마도에 몸담고 있고 마도에서 커왔지만 마도보다는 가족이 우선이야. 복수해야지. 동생도 찾고."

"복수라…… 당신 말대로라면 지금 이 순간에도 마교 쪽의 감시는 계속되고 있을 텐데?"

"일거수일투족을 감시하는 수준은 아니니까. 지금은 안심해도 돼. 못 믿겠으면 확인해 보든가. 그 정도 실력은 되지 않아?"

매영의 말에 서윤은 사방으로 기운을 쏘아 보냈다. 확실히 그녀의 말대로 약 이십 장 안쪽에서는 수상한 기운이 느껴지지 않았다.

"좋아, 계속하지."

"우선 동생이 어디 있는지 알려줘. 소림에 간 것까지는 알아. 죽지는 않았을 것 같은데."

"죽지 않았소. 생포했고, 혹시나 치료할 방법이 있을까 해서 의선께 보냈지."

"의선? 치료? 실혼인을 치료할 수 있다고?"

매영의 눈동자가 흔들렸다. 그에 서윤이 고개를 저으며 말했다.

"알 수 없소. 나도 혹시나 하는 마음에 보낸 거니까. 만약 치료할 수 있는 방법이 없다면… 죽게 되겠지."

"아아……!"

서윤의 말에 일말의 희망을 가지고 있던 매영의 얼굴이 다시 어두워졌다.

"일단 지금까지 한 말은 믿겠소. 하지만 만약 거짓이라는 게 밝혀진다면 당신의 목숨을 거둘 것이오."

"마음대로 해. 말했듯이 난 동생만 무사하면 돼."

매영이 목소리에 힘을 주어 말했다.

"앞으로는 어떻게 할 건가요?"

"복수할 방법을 찾고 있는 중이야. 우선 음귀곡주부터."

설시연의 물음에 매영이 눈에 살기를 머금고 대답했다.

"쉽지 않을 것이오."

"그렇겠지. 실혼인을 호위로 데리고 다니는 사람이니까. 아무리 살수의 무공을 익혔다 해도 그 틈을 비집고 들어가는 건 무리야."

"실혼인이 더 있단 말이오?"

서윤이 놀라 물었다.

소림에서 상대한 실혼인의 숫자만 해도 족히 오십은 넘었다. 게다가 무당에도 실혼인들이 쳐들어갔다고 했다.

도대체 얼마나 많은 실혼인을 만든 것인가?

"당신들, 음귀곡을 너무 모르네."

"무슨 소리요?"

"과거의 음귀곡과 지금의 음귀곡은 전혀 달라. 문파명만 같지 전혀 다른 문파라고 보면 돼."

"자세히 말해보시오."

"음귀곡에서 살아 있는 사람은 단 한 명이야. 당연히 음귀곡주지. 음귀곡에 속한 무인은 전부 실혼인이라고. 아무리 작은 문파라고 해도 인원은 오십 명이 넘어. 그렇다면 음귀곡은 얼마나 될까? 족히 수백 명의 실혼인을 데리고 있을 거야. 그렇지 않다면 음귀곡이 마도 속에서 살아남지 못했겠지. 아무리 실혼인을 쓰러뜨린다 해도 음귀곡은 무너지지 않아. 실혼인이야 계속해서 만들면 그만이니까. 중요한 건 음귀곡주를 죽이는 거지. 그러면 더 이상 실혼인을 만들지 못할 테니까."

매영의 말에 서윤은 놀라지 않을 수가 없었다. 실혼인으로만 구성된 문파라니. 그게 가능하다는 말인가?

"어쨌든 난 지금부터 배신자야. 마도 쪽의 배신자. 정도에서도 배신자가 나왔는데 마도라고 나오지 말란 법은 없지. 안 그래?"

"그렇긴 하지. 하지만 그래도 우리는 당신을 온전히 신뢰하기 어렵소."

"상관없어. 앞으로 내가 어떻게 행동하고 어떻게 당신들에게 도움이 되는지 지켜보기만 하면 돼."

그렇게 말한 매영이 몸을 돌렸다. 그리고 몇 걸음 걷더니 다시 몸을 돌려 서윤에게 말했다.

"고마워. 동생을 죽이지 않아서. 치료해 보겠다고 노력해 줘서."

"아니오. 그녀에게 도움을 받은 적이 많아 당연한 일이었소."

"그래도 고마워."

그렇게 말한 매영이 나타났을 때처럼 홀연히 사라졌다.

"기구한 운명이네요."

"그러게요."

"가요. 배고파요. 하필이면 밥 먹으려고 할 때 나타나서는."

설시연의 말에 서윤이 피식 웃으며 그녀와 함께 객점으로 돌아갔다.


객점으로 돌아오자 천보가 두 사람에게 다가왔다.

"어디에 다녀오셨습니까?"

"잠시 볼일이 좀 있어서 다녀왔습니다. 무슨 일 있습니까?"

"개방에서 사람이 왔습니다."

"어디 있습니까?"

"우선 대주님 방에서 기다리라고 했습니다."

안 그래도 기다리고 있는 차였기에 서윤은 서둘러 자신의 방으로 향했다.

방으로 들어가자 젊은 개방도 한 명이 멍하니 서윤을 기다리고 있었다.

"새로운 소식이 있소?"

"아, 예. 후개께서 전하라고 한 서찰입니다."

젊은 개방도가 서윤에게 후개의 서찰을 전했다. 종이에는 중요한 것만 간략하게 정리되어 있었다.

짧은 내용이었기에 금방 읽은 서윤은 인상을 찌푸렸다. 상황이 좋지 않았기 때문이다. 게다가 서윤의 눈에 들어온 한 줄의 내용이 더욱 신경 쓰였다.

귀주성 상황 곧 정리될 듯. 광서성으로 합류 가능성 높음.

"이 내용은 적의 전력이 광서성으로 합류할 가능성이 높다는 뜻이오?"

"그렇습니다. 귀주성은 이미 적의 손에 넘어갔다고 보면 됩니다. 일부가 필사적으로 항전하고 있으나 전세를 뒤집을 가능성은 전무하다고 보면 됩니다. 이미 적의 일부가 광서성 쪽으로 방향을 잡았다고 합니다."

개방도의 말에 서윤이 고개를 끄덕였다.

"고맙소. 가보시오."

"예. 다른 소식이 들린다면 광서성 쪽 개방도들이 전달할 겁니다."

서윤이 고개를 끄덕이자 개방도가 고개를 숙여 보이고는 방을 나섰다.

그러자 설시연이 방에 있는 창문을 활짝 열어젖히며 말했다.

"상황이 급박하네요. 괜히 두 시진 늦게 출발하자고 한 건 아닌가 모르겠어요."

"괜찮아요. 쉴 때 제대로 쉬어야 실제 전투에서 제대로 실력 발휘를 하죠."

"그래도요."

그녀의 말에 살짝 미소를 지어 보인 서윤이 말했다.

"내려가서 식사부터 하죠. 배고플 텐데."

"그래요."

그러면서 설시연이 서윤에게 다가와 그의 팔에 자신의 팔을 감고는 식당으로 발걸음을 옮겼다.


다음 날 진시 초가 되자 대원들 모두 객점 앞에 모여 있었다.

가장 늦게 나온 서윤이 대원들에게 말했다.

"광서성의 상황이 더욱 좋지 않습니다. 최대한 빨리 말을 달려 넘어가야 할 듯합니다. 무엇보다 빠르게 상황을 정리할 수 있도록 유도해야 합니다. 귀주성의 상황이 정리되는 대로 그쪽의 적이 광서성 쪽으로 넘어올 예정이라고 합니다."

서윤의 말에 대원들이 고개를 끄덕였다. 중원 전체로 놓고 봤을 때 산서성, 하남성, 호북성, 호남성, 광서성까지 이 네 개의 성을 기준으로 좌측은 마도가 어느 정도 장악한 모양새였다.

아직 사천에서 세 문파가 고군분투하고는 있었으나 전체적인 흐름은 그렇게 흘러가고 있었다. 그러니 정도무림 입장에서는 위의 네 개 지역 중 어느 한 곳이라도 빼앗기면 전세를 완전히 빼앗길 위험이 컸다.

그나마 하남에는 소림이, 호북에는 무당, 호남에는 무림맹이 있으니 상대적으로 안전하다 할 수 있었지만 산서성과 광서성은 그렇지 않았다.

상대적으로 산서성은 산서무림을 이루는 문파들과 개방의 힘으로 어찌어찌 버티고 있었으나 광서성은 풍전등화라 해도 모자람이 없었다.

그런 것을 잘 알고 있는 대원들의 표정에는 어떻게 해서든 지켜내겠다는 비장함이 묻어 있었다.

"곧장 출발하겠습니다. 하루 푹 쉬어 다시 무리할 예정이니 각오 단단히 하십시오."

서윤의 말에 대원들이 고개를 끄덕이고는 모두가 말 위에 올랐다. 그러고는 이내 광서성을 향해 힘차게 말을 몰았다.

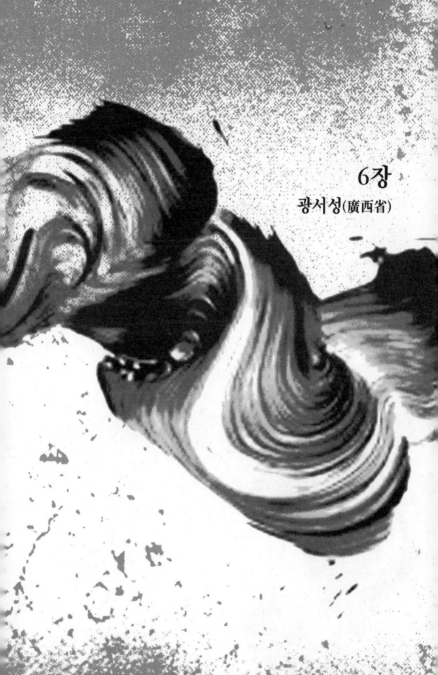

# 6장
## 광서성(廣西省)

風神 徐潤

풍신서윤

 광서성에 진입한 이후 서윤 일행은 속도를 조금 늦췄다.

 물론 광서성 전체가 전장은 아니라지만 조심해서 나쁠 것은 없었다. 최대한 빠르게 격전지에 도착하되 놓치는 건 없어야 했다.

 광서성에 들어서면서부터 서윤은 기감을 넓게 펼쳐 주변을 경계했다. 하지만 그렇다고 해도 은밀하게 움직이거나 하지는 않았다. 소규모라 해서 적들의 눈에 띄지 않게 움직이며 피할 생각은 추호도 없었다. 자신은 물론이고 대원들도 언제든 적을 맞아 싸울 준비가 되어 있었다.

과거의 자신과는 다르다는 생각, 그리고 자신감.

서윤을 비롯한 대원들 전체에 고르게 퍼져 있는 마음가짐이다.

명령에 따라 측면, 후방 가리지 않고 적을 흔든다. 하지만 얼마만큼 흔들지는 우리가 결정한다.

이것이 서윤의 생각이었다. 측면을 쳐서 적들을 몰살할 수 있다면 그렇게 하겠다는 뜻이다.

서윤의 그런 의도가 제대로 전달되었을까.

대원들의 표정도 서윤과 비슷했다. 움츠려들지 않고 언제 어디서 적이 나타날까 걱정하지 않았다. 누구든 덤비라는 표정이 얼굴에 고스란히 드러나 있었다.

"계림(桂林)에서 류주(柳州)를 거쳐 무의(武宜)까지 가는 길목이 시작입니다. 우선 목표는 적들을 남녕(南寧) 서쪽까지 밀어내는 겁니다. 하지만 그 목표와 상관없이 우리는 최대한 많은 적을 쓰러뜨리게 될 겁니다."

서윤이 말을 몰며 대원들에게 말했다. 말을 타고 달리는 탓에 바람 소리, 말발굽 소리 등이 뒤섞여 있었지만 서윤의 목소리는 더욱 또렷하게 들렸다.

"예!"

말을 타고 달리면서도 대원들은 우렁찬 목소리로 대답했다. 그 소리에 자신감이 차 있는 것 같아 서윤은 앞을 보고 달리면서도 흐뭇한 미소를 지었다.


계림. 빼어난 풍치로 시인, 화가 등이 많이 찾는 곳이다.

계림의 산수는 천하제일이라는 말이 있을 정도로 풍경이 아름답다. 독특한 모양의 기암괴석이 많아 경치 구경에 더없이 좋은 곳이었지만 지금 서윤 일행에게는 그것이 오히려 독(毒)이 될 수 있었다.

적이 숨어 있기 좋은 지형인 데다가 협곡처럼 깊숙한 길이 많아 함정을 설치하기에도 용이했다. 만약 이런 곳에서 바위를 굴리거나 화살을 쏘아댄다면 꼼짝 없이 당할 수밖에 없는 지형이었다.

계림에 들어서기 전, 서윤은 기감을 더욱 넓게 펼치며 속도를 줄여 앞으로 나아갔다.

확연히 줄어든 속도에 조금 답답할 수도 있었으나 지금은 안전이 최우선이었다.

개방에서 전해온 정보에 의하면 아직까지는 적들과 가까운 것은 아니었지만 혹시 모를 상황에 대비하고자 함이다.

계림으로 들어서자 이곳의 풍경을 처음 보는 대원들의 눈에 감탄이 서렸다. 게다가 계림에 들어선 시간대가 동이 트기 시작한 지 얼마 되지 않았을 때라 햇빛에 비친 풍경을 황홀감을 일으키기에 충분했다.

설시연 역시 아름다운 풍경에 넋을 잃고 연신 주변을 바라보고 있었다. 서윤과 함께 이런 곳에 오게 되어 기분이 좋은 것도 있었지만 한편으로는 싸움 때문이 아닌 여행으로 찾았으면 어땠을까 하는 마음이 들기도 했다.

그런 대원들과 달리 서윤은 시종일관 진지한 표정이었다.

넓게 기감을 펼쳐 놓은 탓도 있었지만 자신이라도 긴장하며 주변을 살펴야 한다는 생각 때문이었다. 그 때문에 옆에서 설시연이 무슨 이야기를 해도 제대로 대꾸하지 못하고 있었다.

"무슨 생각을 그렇게 해요?"

설시연이 보기에 서윤이 생각에 잠긴 것 같았는지 그렇게 물었다. 그에 서윤이 고개를 저으며 대답했다.

"생각하는 게 아니라 집중하는 겁니다. 언제 어떤 일이 벌어질지 모르니까요."

그 대답에 설시연이 머쓱한 표정을 지으며 다시 입을 열었다.

"너무 긴장하는 거 아니에요? 조금 여유를 가져도 될 것 같은데."

"그러다가 당한 적이 한두 번이어야 말이죠. 구경해요. 주변을 살피는 건 내가 할 테니까."

서윤의 말에 설시연이 조금은 토라진 듯 대답했다.

"됐어요. 혼자 구경하는 게 뭐가 좋다고."

그녀의 귀여운 투정에 서윤이 미소를 지었다. 그러면서도 주변의 경계는 늦추지 않는 서윤이다.

계림을 지나는 데 약 두 시진이 걸렸다. 중간에 점심 먹은 시간이 아니었다면 더 단축할 수도 있었다. 그나마 계림은 좋은 풍경과 더불어 상권이 제법 발달한 번화가라 그런지 적들과 마주치지 않았다.

하지만 무의까지는 아직도 갈 길이 멀었다. 그사이에 어떤 일이 벌어질지 알 수 없었기에 방심은 금물이었다.

의협대는 계림에서 말을 모두 팔았다. 이제부터는 말을 타고 이동하는 것이 오히려 거추장스러울 수 있었다. 그렇게 말을 팔고 계림을 지나 반 시진쯤 지났을 때 서윤이 대원들을 멈춰 세웠다. 잘 가다가 갑자기 멈춰 선 바람에 대원들의 표정도 순식간에 진지해졌다.

'거리는 약 칠십 장 정도. 한쪽이 절대 불리. 서둘러야 한다.'

정확한 것은 아니지만 서윤은 기감을 통해 파악한 내용을 바탕으로 대원들에게 지시를 내리기 시작했다.

"약 칠십 장 정도 떨어진 곳에서 전투가 벌어지고 있습니다. 적인지 아군인지는 모르겠지만 어느 한쪽이 절대적으로 불리한 상황입니다. 우선 척후를 통해 앞쪽의 상황을 파악하고 우리는 곧장 전투에 뛰어듭니다."

"기습은 하지 않습니까?"

위지강의 물음에 서윤이 고개를 저었다.

"여유가 있으면 모르지만 지금은 그럴 시간이 없습니다."

그렇게 말한 서윤은 천보와 영호광, 위지강 등으로 이뤄진 척후를 뽑았다. 그러고는 그들을 향해 진지하게 말했다.

"척후는 척후일 뿐입니다. 빠르고 은밀하게 접근해 상황을 파악한 뒤 복귀합니다. 우리도 빠르게 따라붙겠습니다."

"알겠습니다."

천보가 고개를 끄덕이며 대답하고는 뽑힌 두 명을 데리고 앞서 달렸다.

"잠시 쉬었다가 빠르게 이동합니다. 정신없는 상황이라 피아 구분이 어려울 수 있으니 조심하십시오."

서윤의 말에 대원들이 전투 준비를 하며 한쪽으로 모여 앉았다. 설시연 역시 검집에서 백아를 꺼내 날이 잘 서 있는지 확인했다.

관리가 잘된 백아를 본 대원들이 여기저기서 감탄을 내뱉었다. 그러는 사이 서윤은 품에서 장갑을 꺼내 꼈다. 그것을 본 설시연이 미소를 지었다.

"아직 잘 가지고 있네요?"

"소림에서도 꼈는데 못 봤어요?"

"그랬어요? 정신없어서 못 본 모양이에요."

"항상 지니고 있습니다."

서윤의 대답에 설시연이 미소를 지었다. 얼추 준비가 끝나자 서윤이 대원들에게 말했다.

"속도를 높이겠습니다. 그렇다고 너무 빠르게 달릴 건 아니니 최대한 따라붙으십시오."

"예!"

서윤의 말에 대원들이 큰 소리로 대답했다. 그에 서윤은 씩 웃으며 빠르게 앞으로 달려 나갔다. 예상보다 빠른 속도에 대원들은 서둘러 그의 뒤를 따랐다.

서윤은 대원들의 실력을 제대로 파악하지 못한 상태였다. 앞으로의 싸움을 생각하면 대원들의 실력을 정확하게 파악해 두어야 하는 것은 굉장히 중요한 일이었다.

때문에 서윤은 생각보다 빠른 속도로 앞으로 달려 나갔고, 얼마나 따라붙는지를 보고 대원들의 실력 일부를 엿보고자 했다.

'생각보다 제법이군.'

서윤은 슬쩍 뒤를 쳐다보고는 미소 지으며 생각했다. 단 한 명도 뒤처지지 않고 일정 간격을 두고 따라붙고 있었다.

'좋아, 아주 좋아.'

서윤의 입가에 번진 미소가 더욱 짙어졌다. 비록 인원은 소수라지만 충분히 많은 것을 할 수 있을 것 같았다. 먼저 간 동료들에 대한 복수, 그리고 더 많은 사람의 목숨을 구하는 일.

이들과 함께라면 충분히 할 수 있을 것 같았다.

먼저 간 천보와 영호광, 위지강은 숲에 몸을 숨기고 조용히 전투를 바라보고 있었다.

서윤의 말처럼 한쪽이 일방적으로 밀리고 있었는데, 오래 지켜보지 않아도 밀리는 쪽이 아군이라는 것을 알 수 있었다. 상황을 확인하고 나자 칠십여 장 밖에서도 눈앞에서 지켜본 것처럼 알아맞힌 서윤이 대단해 보였다.

[즉시 돌아가서 이 사실을 알려야겠습니다.]

[아군 쪽이 너무 힘겨워 보이는데 괜찮을까요? 한둘이라도 남아서 도움을 줘야······.]

천보의 전음에 위지강이 전투 상황을 쳐다보며 답했다.

[대주님의 명령입니다.]

[하지만······.]

영호광의 단호한 전음에도 위지강은 쉽게 자리에서 일어서지 못했다.

[상황이 어떻습니까?]

그때 서윤의 전음이 들려왔고, 그 전음을 들은 세 사람은 동시에 고개를 돌리며 화들짝 놀랐다. 자신만 들은 줄 알았는데 셋이 동시에 듣고 고개를 돌린 것이다.

어느새 지척까지 다가온 서윤이 세 사람을 바라보았다. 아무런 대답도 들리지 않았기 때문이다.

"아, 말씀하신 대로입니다. 아군이 절대적으로 불리합니다."

천보가 낮은 목소리로 대답하자 서윤이 전장을 쳐다보았다. 눈동자를 빠르게 돌리며 상황을 파악하고는 고개를 저었다.

"아니, 저들 전부 제거합니다."

"예?"

서윤의 말에 모두가 놀란 표정으로 그를 쳐다보았다. 단 한 사람, 설시연만이 서윤의 말에 고개를 끄덕이고 있었다.

"저들 모두 한패예요. 잘 보면 살초를 쓰지 않고 있어요. 즉 서로가 서로를 다치게 하면 안 된다는 거죠. 그럴싸하게 꾸몄지만 결국 계략이에요."

"빠르게 제압하고 이동합니다. 유인을 했으니 그 대가를 보여줘야지요."

서윤과 설시연의 말에 대원들은 믿을 수 없다는 표정으로 다시금 전장을 살폈다. 확실히 두 사람의 말처럼 살초를 펼치지 않고 있으며 전부 막을 수 있는 공격만 펼치고 있었다.

조용히 다가와 빨리 살피려다 보니 놓친 부분이다.

"죄송합니다."

"죄송할 것 없습니다. 속이려고 한 행동에 속은 것이 어찌 잘못일까요."

사과하는 천보에게 미소와 함께 대답한 서윤이 자리에서 일어났다.

"괘씸하니 혼내줍시다."

그 말과 동시에 의협대가 그들을 향해 달려들었다.


의협대가 그들을 정리하는 데 걸린 시간은 반 시진 정도였다. 실력이 아예 없는 것은 아니었으나 그렇다고 대단한 실력을 가진 이들이 아니었다.

그들은 이미 광서성 쪽으로 무림맹에서 지원 병력을 보냈으며 그 규모가 얼마 되지 않는다는 것을 알고 있었다. 그것을 역으로 계산해 의협대가 근처에 왔을 때 일부러 싸우는 척을 하며 유인한 것이다.

하지만 그 지원군에 서윤이 있다는 것을 알지 못했고, 그 실력을 제대로 파악하지 못한 탓에 전멸을 당하고 말았다. 만약 알았다면 이런 아둔한 짓은 하지 않았으리라.

어쨌든 이 상황은 의협대에게 있어 좋은 일이었다. 만약 그들이 강했다면 크든 작든 피해를 입었을 것이 분명했지만 단 한 명의 사상자도 없이 깔끔하게 상황을 정리할 수 있었다.

게다가 서윤은 이번 싸움으로 대원들의 실력을 파악할 수 있었는데, 자신이 생각한 것보다 훨씬 더 뛰어난 실력을 가지고 있어 내심 놀랐다.

자신과 떨어져 무림맹에서 홀로 수련해 오면서 얼마나 노력했는지 충분히 알 수 있었다.

'일부러 누이한테 살살 하라고 한 보람이 있었어.'

대원들의 실력을 파악하고자 서윤은 미리 설시연에게 따로 적극적으로 나서지 말고 대원들에게 맡기라고 해놓은 상태였다.

"이들의 목적은 우리를 꺾기 위함이 아니었을 겁니다. 기껏해야……"

거기까지 말하던 서윤의 표정이 갑자기 딱딱하게 굳어지더니 갑자기 그 자리에서 튀어나갔다. 마치 강궁으로 쏜 화살대를 연상시킬 정도로 강하고 빠르게 쏘아져 나갔다.

워낙 갑작스럽게 벌어진 상황에 대원들이 어리둥절하고 있을 때, 서윤이 마혈을 점한 누군가의 뒷덜미를 잡아끌고 왔다.

"기껏해야 우리의 발을 잠시 동안 묶거나 그것도 아니라면 이처럼 척후를 보내 우리의 실력을 가늠하기 위함이었을 겁니다."

그렇게 말하며 서윤이 대원들 사이로 잡아온 한 명의 적을 내동댕이치듯 밀었다.

졸지에 적진 한가운데에 들어온 적은 움직이지 못하면서도 불안한 듯 연신 눈동자를 굴리고 있었다.

"이놈, 잘못 걸렸네. 쯧쯧."

위지강이 불쌍하다는 듯 혀를 차며 중얼거렸다. 그러자 곁에 서 있던 영호광이 말했다.

"그러게. 왜 하필 대주님한테 걸려서. 그런데 이놈이 대주님이 누군지는 알까?"

"모를 겁니다, 아직은."

영호광의 말에 천보가 덧붙였다. 그에 대원들이 서윤을 쳐다보았고, 서윤은 왜 그러냐는 듯 말했다.

"제가 그 실력이었으면 벌써 이름을 날리고도 남았을 겁니다. 적들이 이름만 듣고도 벌벌 떨 정도로요."

영호광이 한마디 했다. 그러자 위지강이 그 말을 받아 말을 이었다.

"그랬으면 이런 놈들이 싸우는 척하면서 우리를 기다리지도 않았을 거고. 그렇게 생각하니 이 녀석들이 불쌍하네."

위지강의 말에 대원들이 동감한다는 듯 고개를 끄덕였다. 그리고 거기에 영호광이 쐐기를 박았다.

"대주님이 잘못한 겁니다."

"예?"

서윤이 어이가 없다는 듯 대답했다. 그러자 대원들이 참지 못하고 웃음을 터뜨렸다.

"어쨌든 이자에게 뭐 좀 물어봐야겠습니다. 마혈을 풀 테니 움직이지 못하도록 좀 붙잡아주십시오."

사삭!

서윤의 말이 끝나기가 무섭게 영호광과 위지강이 척후의 양옆에 바짝 붙어 팔을 제압했다. 그러자 서윤이 고개를 끄덕이고는 마혈을 풀었다.

한데 마혈이 풀리기가 무섭게 척후가 혀를 깨물어 자살을 시도했다.

하지만 곁에 있던 영호광이 조금 더 빨랐다. 언제부터 들고 있었는지는 모르겠지만 손에 들고 있던 나무 막대기를 재빨리 척후의 입에 넣었다. 그에 척후의 자살 시도는 무위에 그쳤다.

"자살할 생각은 하지 마시오. 물어볼 게 몇 가지 있어서 그러니."

서윤의 말에 척후는 나무 막대기를 문 채로 발버둥 쳤다.

절대로 말하지 않겠다는 의사를 몸으로 표현한 것이다.

서윤은 가만히 척후를 바라보았다. 그리고 계속해서 눈을 마주치고 있었다. 조금도 피하지 않고.

그러자 척후가 발버둥 치던 것을 멈추고는 조금씩 부들부들 떨기 시작했다. 도대체 둘 사이에 무슨 일이 벌어지고 있는지 알 수 없는 대원들은 그저 의아한 표정으로 두 사람을 바라보고 있을 뿐이다.

서윤은 별다른 것은 하지 않았다.

말 그대로 척후를 가만히 바라보기만 했다.

딱딱하게 굳은 표정, 그리고 단호한 눈빛. 화가 난다거나 짜증이 난다거나 슬프다거나 기쁘다거나 하는 감정이 조금도 들어 있지 않은 무심한 눈빛.

그 눈빛을 마주한 척후는 정말로 죽을지도 모른다는, 눈앞의 사람은 무슨 짓이든 할 수 있는 사람이라는 공포를 느꼈다.

도검이 난무하는 전장에서 느끼는 공포와는 전혀 다른 종류의 것이었다.

차라리 서로 죽고 죽이는 전장이라면 공포가 없었을지도 모른다. 그 역시도 한 명의 무인이기에.

하지만 절대 강자 앞에서 무심한 눈빛을 마주한 순간 그보다 더욱 강한 공포를 느꼈다.

마치 호랑이를 마주한 늑대가 달려들 생각도, 도망갈 생각도 하지 못하고 그 자리에서 몸이 얼어붙어 버리는 것과 같은 이치였다.

"지금부터 질문을 할 것이오. 그러니 거짓 없이 솔직하게 대답하시오."

서윤의 말에 척후는 고개를 끄덕일 생각도 하지 못하고 계속해서 몸을 떨기만 했다. 그에 서윤은 그의 입에 물려 있는 나무 막대기를 빼내었다.

방해가 되는 요소가 사라졌음에도 척수는 아무런 행동도 하지 못하고 가만히 서 있었다.

"광서성에 들어온 인원이 얼마나 되오?"

"이, 이백 명."

"그들의 무위는?"

"일류급 이상."

그 대답에 서윤이 인상을 찌푸렸다. 일류급 이상 이백이면 생각한 것보다 강한 전력이었기 때문이다.

"격전지가 어디오?"

"류주, 무위, 도안……."

척후의 대답에 대원들이 한숨을 내쉬었다. 이미 개방으로부터 류주에서부터 무위까지 가는 길에 적들과 마주칠 수 있다는 소식을 접하기는 했지만 직접 듣고 나니 왠지 모르게 한숨이 터져 나온 것이다.

"그 외 다른 곳은?"

"몇 군데 있지만 그곳들이 가장······."

거기까지 들은 서윤이 영호광과 위지강을 바라보며 고개를 끄덕였다. 그러자 두 사람이 붙잡고 있던 척후를 놓아주었다.

"가시오."

서윤의 말에 척후는 멀뚱히 쳐다보고만 있을 뿐 움직이지 않았다.

"가라고 했소."

파팟!

서윤이 재차 말하자 척후가 재빨리 그 자리에서 벗어나 달렸다. 그것을 본 서윤이 위지강을 보며 말했다.

"적당한 거리를 두고 뒤쫓아."

"알겠습니다."

그렇게 대답하고 척후의 뒤를 밟으려는 위지강을 서윤이 불러 세웠다.

"그리고 이번에는 그런 생각은 하지 마. 무조건 내 명령에 따라. 알겠어?"

서윤의 말에 처음에는 무슨 소리인지 모르겠다는 표정이던 위지강은 아까의 상황을 떠올리고는 고개를 끄덕였다. 어떻게 된 일인지는 모르겠지만 서윤은 자신이 천보 등과 나눈 대화를 모두 알고 있는 것이다.

고개를 끄덕인 위지강이 재빨리 척후의 뒤를 따랐고, 그것을 지켜보던 서윤이 대원들을 향해 말했다.

"적이 생각보다 많고 강합니다. 지금부터 가벼운 마음은 버립니다. 긴장한 채로 저들의 뒤를 따릅니다."

"예!"

서윤의 말에 대원들이 짧고 단호한 목소리로 대답했다.

여유는 끝났다. 이제는 진짜 싸움을 할 일만 남아 있었다.

*          *          *

섬서성 대륙상단.

서시 매향은 여전히 묶인 채로 방 하나에 감금되어 있었다. 실혼인이기에 먹지도, 마시지도 않았으며 지치지 않는 체력을 바탕으로 계속해서 자신을 묶어 놓은 끈을 풀려고 했다.

하지만 워낙 굵고 튼튼한 밧줄로 묶어놓은 탓에 푸는 것도 쉽지 않았으며, 살수들이 돌아가며 그녀의 곁을 지키고 있었기에 탈출은 시도하기 어려운 상황이었다.

그러는 사이 태사현과 동은 마의가 전해준 내용을 바탕으로 서시를 치료할 수 있는 방법을 찾는 데 몰두하고 있었다. 낙향하여 편히 쉴 수 있는 상황임에도 불구하고 검왕의 치료만 생각하고 온 이곳에서 또 다른 일을 맡게 되었지만 태사현은 조금의 불평도 하지 않았다.

환자는 피아를 구분하지 않고 치료 받아 마땅하다는 지론 때문이기도 했지만 만약 서시를 치료할 수 있다면 또 하나의 획기적인 발견이라는 생각 때문이기도 했다.

태사현과 동의 연구는 여러 날 동안 계속되고 있었다.

비록 마의가 실마리를 던져주었다지만 불확실한 단서들을 가지고 치료법을 단기간에 찾아내기란 쉬운 일이 아니었다.

그렇게 하루하루 시간은 흐르고 있었다.

휘영청 달이 밝은 어느 날 밤.

대륙상단의 기와 위에 사뿐히 내려앉는 자가 있었다. 바로 서윤, 설시연과 만난 매영이었다.

'네가 여기 있단 말이지?'

매영의 눈이 서시가 있을 만한 곳을 찾아 빠르게 움직이고 있었다.

봉황곡 살수 몽(夢)은 누워서 발버둥 치는 서시를 바라보고 있었다. 여차하면 붙들 요량으로 한순간도 눈을 떼지 않고 있었다.

"후……."

몽이 작게 한숨을 쉬었다.

최근 들어 한숨이 늘어난 그였다.

'음?'

그때 몽은 낯선 기운을 느꼈다. 그 순간 몽의 눈빛이 날카롭게 변했다.

'우리 쪽 사람인 것 같은데, 어디 놈들이냐.'

내심 그렇게 중얼거린 몽은 가장 가까운 곳에 있는 살수에게 전음을 보냈다.

[교대 좀 부탁하지. 손님이 찾아온 것 같으니.]

몽의 전음에 곧바로 살수 한 명이 방으로 들어왔다. 그에게 고개를 한 번 끄덕인 몽이 방 밖으로 나가는가 싶더니 이내 어둠 속으로 녹아들었다.

지붕 위에서 대륙상단을 살피던 매영의 눈에 이채가 서리더니 그 자리에서 연기처럼 사라졌다.

그리고 바로 다음 순간, 그녀가 있던 자리에 몽이 나타났다.

'분명 여기가 맞는데.'

그렇게 생각하는 순간 뒤쪽에서 아주 미약한 기척을 느낀 몽은 재빨리 뒤쪽으로 암기를 날렸다.

슈숙!

빠르게 날아간 암기는 안타깝게도 허공을 지나가고 말았다.

"제법이네."

등 뒤에서 들린 목소리에 몽이 화들짝 놀라며 거리를 벌리고 뒤로 돌았다.

"누구냐?"

"적은 아니야. 싸울 생각도 없고. 그 아이 밑에 있는 살수인 모양이지? 실력이 제법이네."

매영의 말에 몽의 눈썹이 한차례 꿈틀거렸다.

'나보다 위다. 게다가 곡주님을 알고 있어. 누구지?'

"그렇게 경계하지 마. 난 동생을 찾아온 거니까."

"동생?"

몽이 인상을 찌푸렸다. 서시에게 언니가 있다는 말은 그로서도 처음 듣는 말이었기 때문이다.

"들어본 적 없소."

"뭐야, 정말 아무한테도 말 안 한 거야?"

매영이 한숨을 푹 쉬었다. 아무리 오랜 시간 안 보고 지냈다지만 아무에게도 말하지 않았다는 사실에 조금은 서운했다.

"못 믿겠지만 사실이야."

그렇게 말한 매영이 그간 있던 일을 모두 얘기했다. 서시가 자신을 따라나섰다는 것과 자신이 자리를 비운 사이에 그녀가 실혼인이 되었다는 것까지.

"음……."

몽은 혼란스러웠다. 어디까지 믿어야 하는지 알 수가 없었다.

"이곳에 오기 전에 이 집 딸과 서윤이라는 그 사람을 만났어."

서윤과 설시연에 대한 이야기가 나오자 몽의 눈썹이 또 한 번 꿈틀거렸다.

"그 사람들을 만났다고?"

"그래. 만나서 지금 한 얘기 고스란히 했어. 내가 여기를 어떻게 찾아왔을 거 같아? 이곳에 있다는 얘기를 들었기 때문이야."

매영의 말에 몽은 경계심을 살짝 풀었다.

"사실이오?"

"사실이야. 이럴 줄 알았으면 뭐라도 하나 받아올 걸 그랬네."

매영이 답답하다는 듯 툴툴거렸다. 그러고는 몽에게 물었다.

"치료법이 있을지도 모른다는 얘기를 들었어."

그녀의 말에 몽은 서윤을 만났다는 그녀의 말을 믿을 수밖에 없었다. 서시를 치료해 달라고 이곳으로 보낸 사람이 바로 서윤이기 때문이다.

"후, 가능성은 있지만 아직 확실한 건 아무것도 없소."

"역시… 아무리 의선이라도 안 되는 건 안 되는 거겠지."

"가능성은 있다고 했소."

몽의 말에 매영이 눈을 빛내며 물었다.

"그 가능성이 얼마나 되지?"

"실마리를 찾았고, 방법을 연구 중이오. 얼마나 걸릴지는 알 수 없소."

몽의 말에 매영이 잠시 무언가를 생각하더니 다시 입을 열었다.

"동생을 좀 보고 싶은데."

"해치려는 것 아니오?"

몽이 다시금 경계하며 물었다. 그에 매영이 또다시 답답하다는 듯 말했다.

"못 믿겠지만 정말로 내 동생이라고. 그래서 배신까지 했는데 좀 믿어주면 안 되나? 그리고 내가 아무리 실력이 뛰어나도 실혼인을 기습으로 죽일 만한 실력은 안 돼."

일리 있는 말이었다.

살수의 무공은 기습을 통해 목표물을 단번에 죽이는 무공이다. 날카롭고 빠르며 정확하지만 강함과는 거리가 멀었다.

매영의 실력은 몽과 비교했을 때 분명 위였다.

하지만 그녀 역시 살수의 무공을 익혔다면 실혼인을 기습해 목숨을 끊는 것은 불가능에 가까웠다.

"좋소, 따라오시오."

그렇게 말한 몽이 몸을 돌렸다. 그러고는 지붕에서 훌쩍 뛰어내렸다. 그에 매영 역시 그의 뒤를 따라 지붕에서 뛰어내렸다.

$$*\qquad *\qquad *$$

"하, 지지배, 이게 뭐니, 이게?"

"카악!"

매영은 꽁꽁 묶여 있는 서시를 보며 눈물을 흘렸다. 그런 그녀를 알아보지 못하고 서시는 괴성을 내지를 뿐이다.

그 모습이 매영의 가슴을 더욱 찢어지게 했다.

계속해서 그녀를 경계하던 몽 역시 그런 모습을 보니 조금은 측은한 마음이 들었다.

서시의 곁에서 눈물을 흘리던 매영이 눈물을 닦아내고는 몽에게 말했다.

"의선, 내가 만나볼 수 있을까?"

그녀의 물음에 몽은 의아한 생각이 들었지만 고개를 끄덕였다.


태사현과 동은 늦은 시간 찾아온 손님과 마주하고 있었다. 그의 앞에 앉은 매영은 다짜고짜 질문부터 해 태사현을 당황시켰다.

"치료법을 찾는 데 필요한 게 뭐죠?"

그 질문에 태사현은 곁에 앉은 몽에게 지금 이게 무슨 상황인지 해명을 요구하듯 쳐다보았다.

"저도 아직 온전히 믿기 어렵지만… 언니라고 합니다."

"언니? 혈육이라고?"

태사현의 물음에 몽이 고개를 끄덕였다. 그에 태사현이 작게 한숨을 쉬더니 입을 열었다.

"지금 치료법을 찾는 중이오. 실마리는 있지만 쉽지 않다오."

태사현의 말에 매영이 잠시 생각에 잠기더니 몽을 바라보았다.

"지금 봉황곡 살수가 몇 명이나 있지?"

"그건 왜 묻소?"

"일단 대답부터."

매영의 말에 몽이 인상을 찌푸리더니 마지못해 대답했다.

"열 명 조금 넘소."

"열 명이라…… 우리 애들은 못 쓰는데."

그렇게 중얼거린 매영이 머리를 굴리는 듯하더니 물었다.

"단도직입적으로 물을게. 음귀곡주 잡으러 갈래?"

그녀의 갑작스런 제안에 몽은 물론이고 태사현과 동 모두가 깜짝 놀란 표정을 지었다.

"음귀곡주를 데려오면 치료할 수 있겠죠?"

"그야 음귀곡주가 실혼인 치료법을 알고 있다면야 당연히 치료할 수 있겠지."

태사현의 말에 매영이 다시 한 번 몽을 쳐다보며 말했다.

"들었지. 결정은 봉황곡의 몫이야. 나 혼자서는 불가능해. 그렇기 때문에 너희들의 도움이 필요한 거고."

"우리가 도우면 잡아올 수는 있소?"

"가능성이 높아지지. 목숨을 걸어야 해. 거기엔 실혼인들이 많으니까."

매영의 말에 몽은 잠시 고민에 빠졌다. 개인적인 생각으로는 당연히 매영의 제안을 받아들여야 하지만 그런 것을 자신 혼자 결정할 수는 없는 노릇이었다.

"혹시나 함정 같은 건 아니오? 우리를 모두 죽이기 위한……"

몽의 말에 매영이 코웃음을 치며 말했다.

"그럴 거였으면 아까 죽였어. 나 혼자서도 너희들 정도는 아무것도 아니라고. 그리고 너희들을 죽여서 뭐에 써?"

틀린 말도 아니었기에 몽은 아무런 대꾸도 할 수가 없었다. 하지만 묘하게 기분이 나쁜 건 어쩔 수 없었다.

"일단 상의 좀 하겠소. 나 혼자 결정할 수 있는 건 아니니."

"허 참. 곡주 살리겠다는데 상의까지 해야 돼? 이 지지배, 수하들 관리를 어떻게 한 거야?"

매영이 툴툴거렸다. 그러고는 다시 입을 열었다.

"내일 이 시간에 다시 오겠어. 그때까지는 결정 끝내놔."

"알겠소."

하루의 시간이면 충분하고도 넘칠 것이기에 몽은 고개를 끄덕였다.

"좋아, 갈게."

그렇게 말한 매영이 사라졌다.

그녀가 사라진 방 안은 마치 폭풍이 한차례 휩쓸고 지나간 것 같은 진한 여운이 남아 있었다.

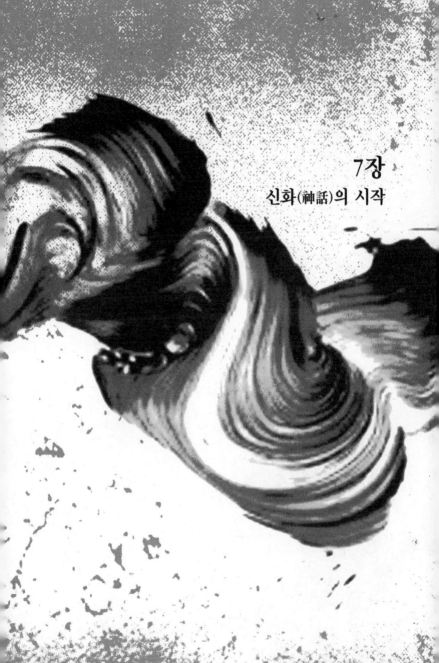

# 7장
## 신화(神話)의 시작

風神 徐閏

풍신서윤

"이곳입니다."

위지강이 잔뜩 몸을 웅크린 채 한곳을 가리켰다. 그 곁에서 서윤은 위지강이 가리킨 곳을 유심히 살폈다.

위지강이 따라붙은 척후가 들어간 곳은 적의 진지였다. 위지강이 자신의 기척이 느껴지지 않을 정도의 거리를 두고 쫓은 탓에 경계를 풀고 바로 진지로 돌아온 것이었다.

날이 어두워지자 간단하게 진지를 구축하고 쉬는 모양이었는데 광서성의 일이 수월하게 풀리고 있기 때문인지 경계가 삼엄하지는 않았다.

"간단하게 정리할 수 있겠습니다."

영호광의 중얼거림에 서윤이 고개를 끄덕였다. 아무리 경계가 허술하다 해도 적은 머릿수도 많았고 일류급 이상의 고수들이 많았다.

그런 마음가짐으로 쳐들어갔다가는 크게 혼쭐이 날 수도 있었다.

"잠시 지켜보겠습니다. 척후가 들어갔으니 어떤 식으로든 보고가 들어갔을 것이고, 그럼 경계가 달라질 수도 있습니다."

서윤이 신중하게 판단하고 말했다. 하지만 대원들은 이미 강서성에서 기습 작전을 치러본 경험이 있기에 여유와 자신감을 가지고 있었다.

서윤은 예리한 눈빛으로 진지를 살폈다. 척후가 들어간 지 제법 시간이 흘렀으나 경계가 크게 변하는 것 같지는 않았다.

아마도 의협대가 따라붙었다는 걸 모르기 때문인 듯했다.

서윤은 하늘을 올려다보았다.

마침 구름이 천천히 달을 가리고 있어 더욱 어둠이 짙어지는 시점이었다.

물론 진지에는 횃불 등이 있어 밝았지만 어둠이 더 짙어지는 것은 기습에 굉장히 좋은 조건이었다.

"빠르게 칩니다. 안 되겠다 싶으면 무리하지 말고 저나 설누이를 찾으십시오."

서윤의 말에 대원들이 고개를 끄덕였다. 그에 웅크리고 있던 서윤이 자리에서 일어났다. 그 뒤를 따라 대원들도 일제히 몸을 일으켰다.

"다시 한 번 말합니다. 적의 전멸이 목적이 아닙니다. 최우선 목표는 전원이 무사히 들어갔다가 무사히 나오는 겁니다."

서윤의 말에 다시 한 번 고개를 끄덕인 대원들의 눈이 반짝였다.

"가죠."

그렇게 말한 서윤이 선두에 서서 달려 나갔고, 그 뒤를 설시연과 의협대원들이 바짝 붙었다.

거리가 가까워지고 있음에도 진지 쪽에서는 별다른 움직임이 없었다.

원래 밝은 곳에서 어두운 곳을 보면 잘 보이지 않는 법. 달을 가려준 구름의 덕을 톡톡히 보고 있었다.

진지와의 거리는 빠르게 가까워지고 있었다. 그에 서윤은 빠르게 진기를 끌어 올렸다.

서윤의 속도가 더욱 빨라졌다.

그러더니 어느새 일진광풍이 되어 진지를 습격하기 시작했다.

"뭐, 뭐야!"

전혀 예상하지 못한 순간 불어 닥친 한줄기 광풍에 진지에 있던 적들이 당황하기 시작했다.

쾅!

광풍이 진지 한가운데에 멈췄다.

진지 곳곳에 켜져 있던 햇불이 모두 꺼졌고 뽀얀 흙먼지가 사방을 뒤덮었다.

칠흑 같은 어둠이 사방을 뒤덮은 상황.

어둠과 흙먼지 뒤에 무엇이 있는지 적들은 알 수가 없었다.

그때, 구름 뒤에 숨어 있던 달이 다시금 모습을 드러내기 시작했다.

구름에 막혀 있던 달빛이 다시금 대지를 밝히기 시작했고, 어둠 속에 가려져 있던 광풍의 주인공이 서서히 모습을 드러내기 시작했다.

달빛 사이로 어지럽게 흘러 다니는 흙먼지.

그 뒤에 보이는 한 사람의 모습.

"후……."

작게 한숨을 내쉰 서윤이 미소를 지었다.

온몸 구석구석을 돌아다니는 진기가 그에게 활력을 더해주고 있었다.

"한 명이다! 쳐라!"

서윤의 존재를 확인한 누군가가 소리쳤다. 하지만 그는 움직이기 전에 지독한 통증부터 맛봐야 했다.

"우리도 있어, 짜샤!"

빠르게 달려오며 주먹을 내지른 이는 바로 위지강이었다. 정확히 관자놀이에 그의 주먹을 맞은 적은 그대로 나가떨어졌다.

위지강을 시작으로 의협대가 진지에 들이닥쳤다. 각자 가진 무공을 바탕으로 적진을 누비기 시작했고, 적들은 우왕좌왕하며 속수무책으로 당할 수밖에 없었다.

그러는 사이 설시연이 서윤에게 다가왔다.

"굳이 가가까지 나설 필요는 없을 것 같네요."

"효과는 있었지만 이것도 잠깐뿐이에요."

설시연의 말에 서윤이 미소를 지으며 고개를 저었다.

사실 방금 전의 효과는 서윤이 의도한 것이었다. 진기를 끌어 모아 앞서 나가면서 설시연에게 전음을 보내 미리 귀띔한 것이다.

"가죠."

서윤이 전장을 바라보며 말했다. 확실히 잠시 당황해하던 적들이 빠르게 전열을 재정비하고 있었다. 한 번쯤 재차 휘저어줄 필요가 있었다.

서윤의 말에 고개를 끄덕인 설시연도 백아를 뽑아 들었다.

소림에서의 싸움 이후로 처음 바깥 공기를 마시는 백아가 기쁜 듯 울음을 토했다.

팟!

서윤과 설시연이 동시에 서로 다른 방향으로 신형을 날렸다.

서윤은 풍절비룡권으로, 설시연은 여의제룡검으로 적들을 향해 공격을 퍼부었다.

두 사람의 무위는 의협대원들과는 차원이 달랐다.

힘들이지 않고 공격하는 것 같았지만 그 위력이 상당했다.

일격필살(一擊必殺).

그 말 외에 두 사람을 표현할 다른 방법이 없었다.

적의 진지는 비명으로 가득 차기 시작했다. 전열을 정비할라 치면 설시연과 서윤이 나타나 방해했다.

"와, 저 둘만 있어도 되겠네. 우리는 병풍이야, 병풍."

또 한 명의 적을 쓰러뜨린 위지강이 종횡무진 진지를 누비는 두 사람을 보며 중얼거렸다.

하지만 그것도 잠시, 위지강이 다시 주먹을 쥐며 말했다.

"질 수 없지!"

그렇게 말하며 땅을 박차는 위지강이었다.


\*　　　\*　　　\*


날이 밝았다.

지축을 울리는 진동과 우렁찬 함성 소리가 이어지는가 싶더니 한 무리의 사람이 나타났다.

하지만 도착한 그들은 눈앞에 펼쳐진 광경에 벌어진 입을 다물지 못했다.

적의 진지가 있어야 할 자리에는 시체만 즐비했다.

"이게 어찌 된 일인가!"

광서성의 한 문파인 비룡문(飛龍門)의 문주 유탁(劉卓)이 놀라 소리쳤다.

적의 전멸.

바로 어제까지 확인한 바로는 이들이 여기에 진을 치고 있었다.

그런데 하룻밤 사이에 이게 어찌 된 일이란 말인가?

"도대체 누가……"

유탁이 믿을 수 없다는 듯 중얼거렸다.

누구인지는 모르겠지만 적을 전멸시켰다면 분명 아군일 터. 잘된 일이긴 했으나 어딘지 모르게 허탈한 마음이 들기도 했다.

"돌아가자! 호양문(互暘門)도 힘들다는데 우리가 도우러 간다!"

유탁의 말에 비룡문도들이 모두 신형을 돌렸다.

기습을 통해 적진 하나를 궤멸시킨 의협대의 활약이 광서성의 전세를 조금씩 비틀기 시작했다.

*　　　*　　　*

서윤과 의협대가 광서성에서 적진 하나를 궤멸시켰다는 소식은 빠르게 개방의 후개한테까지도 전해졌다.

그 보고를 받은 후개는 입가에 미소를 지었다.

"드디어 제대로 된 반격을 하는 건가?"

지금까지는 적들의 일방적인 공세를 막아내기만 했다. 그런데 이번 의협대의 공격은 막는 것에 그치지 않고 역공을 했다는 데 의미가 있었다.

"무림맹에도 소식이 들어갔나?"

"들어갔을 겁니다."

개방도의 대답에 고개를 끄덕인 후개가 잠시 생각하더니 입을 열었다.

"그럼 애들한테 일 하나만 더 하라고 해."

"무슨……?"

개방도의 물음에 후개가 미소를 지었다.

*　　　*　　　*

"권왕의 제자 서윤이 이끄는 의협대가 광서성에서 일을 냈다!"

"인원이 몇 배나 많은 적진을 궤멸시켰다!"

"서윤의 주먹이 광풍을 만들어낸다고 하더라!"


서윤에 대한 소문이 퍼지기 시작했다.

진원지는 역시나 광서성.

후개가 개방도들을 시켜 서윤에 대한 소문을 내도록 지시한 것이다.

의도는 두 가지였다.

첫째, 절망에 빠진 중원무림을 구할 영웅이 나타났다는 희망을 심어주기 위함이었다.

과거에도 무림의 위기 때에는 항상 영웅이 있었다.

그 영웅의 활약은 중원무림에 속한 무림인들뿐만 아니라 일반인들에게도 힘이 되었다.

지금 역시도 그런 영웅이 필요한 시기였다.

그 역할을 할 만한 사람은 아무리 찾아봐도 서윤뿐이었고 그 때문에 일부러 후개는 소문을 낸 것이었다.

두 번째 이유는 조금 달랐다.

서윤에 대한 소문이 퍼지고 그가 고수라는 인식이 박히게 되면 적들이 위축되는 효과가 있을 수 있었다.

위축된 적은 기세가 죽게 마련이고, 그렇다면 아군이 승리할 확률을 높일 수 있었다.

더 효과가 좋다면 아직 모습을 드러내지 않고 있는 마교주도 끌어낼 수 있을 것이다. 굳이 마교주가 아니더라도 아직까지 나타나지 않은 마교의 진짜 힘을 끄집어낼 수 있었다.

후개의 그런 계획대로 서윤에 대한 소문이 퍼져 나갔고 그 효과가 조금씩 나타나고 있었다.


의협대원들은 자신들의 앞에 차려진 음식을 보고 입이 떡 벌어졌다. 진수성찬도 이런 진수성찬이 없었다.

그들이 앉은 식탁 옆에는 객잔 주인이 웃는 낯으로 서 있었다.

"많이들 드십시오! 제 성의입니다! 이렇게 저희 객잔을 찾아주셔서 영광입니다!"

객잔 주인이 공손하게 허리를 굽혔다. 그에 서윤을 비롯한 의협대원들도 화들짝 놀라 일어서며 마주 허리를 굽혔다.

객잔 주인이 물러나고 다시 자리에 앉은 의협대원들은 차마 젓가락을 들지 못하고 쳐다보기만 했다.

"이거… 먹어도 되는 건가요?"

위지강이 넋이 나간 표정으로 물었다. 그에 영호광이 천천히 고개를 저으며 말했다.

"안 될 거 같은데. 왠지 이거 먹으면 엄청난 부담이 뒤따를 것 같은 예감이……."

두 사람의 대화에 대원들 모두가 동의했다. 그에 설시연이 한마디 거들었다.

"요즘 대주님 소문이 장난 아니던데. 그래서 그런 모양이네요."

"하하, 도대체 누가 그런 소문을……."

서윤은 당혹스럽기 그지없었다. 강호에 나와 활동하면서 이름을 날리는 것은 생각도 해본 적이 없었다.

그저 묵묵히 자신이 해야 할 일을 해왔을 뿐이다.

그렇기 때문에 지금까지 서윤의 활약과 무위에 비해 알려지지 않은 부분이 너무 많았다.

"뭐, 어쨌든 축하드립니다, 대주님. 늦은 감이 없지 않아 있지만 좋은 일이죠!"

위지강이 넉살 좋은 말투로 서윤에게 축하의 말을 건넸다. 그러자 대원들이 너도나도 축하의 말을 건넸다.

"고, 고맙습니다."

서윤이 멋쩍은 표정으로 대답했다. 축하의 말을 건네니 받기는 하지만 과연 이게 축하받을 일인지 헷갈렸다.

"어쨌든 나온 음식이니 먹죠."

그렇게 말하며 서윤이 먼저 젓가락을 들었다. 그러자 다른 대원들도 일제히 젓가락을 들어 음식을 맛보았다.

"오~!"

음식을 먹은 대원들은 입안에 퍼지는 맛에 연신 감탄사를 흘렸다. 제법 많은 음식이 나왔지만 대원들은 하나도 남기지 않고 싹 먹어치웠다.

식사를 마친 대원들은 다시금 빠르게 움직였다. 일차적인 목적지는 무의. 하지만 그렇다고 무작정 그곳으로 가는 것이 목적은 아니었다.

그곳까지 가는 동안 적들을 정리하는 것, 그것이 의협대의 목적이었다.

대원들의 사기는 충만했다.

서윤과 설시연의 존재가 자신감과 사기를 충만하게 만들었다.

하지만 빼놓을 수 없는 한 가지가 있었다.

바로 서윤이 없는 지난날 자신들이 해온 수련이 헛되지 않았다는 것을 증명했다는 자부심과 뿌듯함, 기쁨이 그 원천이었다.

서윤에게 짐이 되지 않고자 힘든 나날을 보냈고, 실제로 그렇게 되었다는 사실에 뛸 듯이 기뻤다.

그렇다고 모두가 너무 들뜨지는 않았다.

기분에 휩쓸리고 가벼워지면 또다시 아픔을 겪을 수도 있다는 것을 직감하고 있었기 때문이다.

마음껏 기뻐하는 것은 이 지긋지긋한 전쟁이 끝나는 그날 하기로 마음먹고 지금은 마음속 한구석에 고이 접어두고 있었다.

류주에서 무의로 향하는 길은 점차 지대가 높아지는 지형이었다.

아무리 무공을 익힌 그들이라지만 평지를 달릴 때와 오르막을 달릴 때의 체력 소모는 다를 수밖에 없었다.

때문에 서윤은 상대적으로 휴식 시간을 자주 가지며 대원들이 지치지 않도록 배려했다.

"생각보다 적들이 나타나지를 않네요."

"그러게요."

설시연의 말에 서윤도 고개를 끄덕이며 대답했다. 당장은 좋은 일일 수 있으나 이것이 나중에 가서 더 힘든 일로 다가오지는 않을까 걱정이 되기도 했다.

"가가 이름 때문 아니에요?"

"내 이름 때문에?"

"정도무림에 절대고수가 나타났다. 그게 권왕의 제자라더라. 적어도 광서성 전체에는 퍼진 것 같던데."

"설마요. 그런 것 때문에 적들이 안 나타나려고."

서윤이 손사래를 치며 말했다. 그에 설시연이 진지하게 말했다.

"정말 그럴 수도 있다니까요? 광서성에 들어와 있는 적들이 강하기는 하지만 그렇다고 적의 정예는 아니잖아요. 이미 가가의 소문을 들었을 거고 실제로 피해도 입었고. 그렇다면 섣불리 나타나기 어렵겠죠."

설시연의 말도 일리는 있었다. 하지만 낯 뜨거운 말이었기에 서윤은 쉽게 그에 동의하지 않았다.

실제로는 서윤과 의협대가 적의 진지 하나를 궤멸시킴으로써 광서무림에 속한 문파들의 숨통을 틔워주었기에 가능한 일이었지만 그런 것까지 그들이 알 수는 없었다.

"방심은 금물이에요. 어떤 이유로든 적들이 쉽게 나타나지 못하는 것이라면 힘을 합칠 수도 있는 거니까. 제대로 대비하고 힘을 합쳐 인원까지 많아지면 그만큼 위험한 겁니다."

"정말 이렇게까지 신중하고 걱정이 많은 사람인 줄은 몰랐네요."

설시연의 말에 서윤이 멋쩍은 표정을 지었다. 원래는 이런 성격이 아니었는데 강호 경험이 그를 이렇게 만들었다.

"그러게요. 원래 안 이랬는데."

"걱정 많고 신중한 사람이랑 같이 살면 피곤하다던데."

"누가 그래요?"

서윤이 발끈하며 물었다. 그에 설시연이 혀를 빼쭉 내밀며
대답했다.

"누가 그랬어요. 얼마나 더 쉬려고요? 빨리 가요."

그렇게 말하며 설시연이 자리에서 일어나 옷을 털었다. 그
에 서윤은 뭔가 억울하다는 듯한 표정을 지으며 덩달아 자리
를 털고 일어났다.

*          *          *

마교주는 미소를 짓고 있었다. 그것을 곁에서 보고 있던 여
인이 물었다.

"무엇이 그렇게 재미있으신가요?"

"재밌지. 죽었다 살아나더니 이제는 정도무림의 희망으로
떠오르지 않았나? 오래가지 못할 거라고 생각했는데 예상 밖
이야."

"그 서윤이라는 자를 말씀하시는 거군요."

여인의 말에 마교주가 고개를 끄덕였다.

"이제 관심을 좀 가질 만하겠어."

"준비시킬까요?"

"준비시킨다고 할 분인가. 본인 마음이 동해야 움직이는 분
인데. 그냥 슬쩍 말이라도 흘려봐. 알아서 하시겠지."

"알겠습니다."

마교주의 말에 여인이 고개를 숙였다.

*       *       *

무의로 가는 길목은 점차 지대가 높아지는 산지였다. 하지만 그 와중에도 드문드문 평지가 나타나곤 했다.

중간중간 나타나는 평지는 자연스럽게 의협대의 휴식 장소가 되었다. 그러나 무의에 도착하기 전 마지막 평지는 휴식 장소가 될 수 없었다.

지금까지 지나쳐 온 평지보다 훨씬 넓은, 평야라 불러도 손색이 없을 만한 곳이 나타났다.

그리고 그곳에서 서윤의 걱정은 현실이 되었다.

평야 맞은편에 자리 잡은 적진. 얼핏 봐도 그 숫자가 상당한 듯했다.

수백은 되는 듯한 인원, 반면 의협대는 고작 스물이 안 되는 인원이다.

"이렇게 많이 몰려왔을 줄은 몰랐는데."

"그러게요."

서윤의 말에 설시연도 고개를 끄덕이며 말했다. 서윤과 설시연의 뒤쪽에 서 있는 의협대원들은 인상을 찌푸리며 적진을 바라보고 있었다.

"저 정도 쪽수면 한 사람 당 몇 명을 쳐내야 되는 거지?"

"아서라. 네 머리로는 계산이 안 될 거다."

위지강의 중얼거림에 영호광이 핀잔을 주듯 말했다. 의협대원들 사이에서도 긴장이나 두려움 같은 것은 찾아보기 어려웠다.

의협대를 기다리고 있던 만큼 적들의 진형은 촘촘했고 틈을 찾기 어려웠다.

섣불리 달려들었다가는 사면초가의 상황에 처할 수도 있었다.

"어떻게 하시겠습니까?"

천보가 다가와 서윤에게 의사를 물었다. 그에 서윤이 잠시 생각하더니 입을 열었다.

"이렇게 만났으니 인사라도 건네야겠습니다."

"인사라니요?"

천보의 물음에 서윤이 그를 보며 씩 웃고는 천천히 앞으로 걸어 나갔다. 그를 본 의협대원들이 뒤따르려 했으나 설시연이 제지했다.

"일단 지켜보죠."

설시연의 말에 의협대원들도 흥미롭다는 듯 서윤의 뒷모습을 바라보았다.

적진에서는 긴장감이 무르익고 있었다.

달려드는 것도 아니고 혈혈단신으로 천천히 걸어 나오고 있었기에 무엇을 할지 알 수가 없던 까닭이다.

거리가 점점 더 좁혀질수록 알 수 없는 불안감이 적진에 더해지고 있었다.

약 삼십 장 정도로 거리가 좁혀졌을 때, 서윤이 그 자리에 우뚝 멈춰 섰다.

적진과 서윤 사이에는 아무것도 없었다.

그저 갈피를 잡지 못하고 이쪽저쪽으로 부는 몇 줄기 바람만 존재할 뿐이다.

서윤은 물끄러미 적들을 바라보았다. 그러더니 천천히 진기를 끌어 올리기 시작했다.

묵직한 바람 한줄기가 서윤의 몸속에서 움직이기 시작하더니 주변의 공기에까지 영향을 주었다.

미약하게 불던 바람이 조금씩 빨라지는가 싶더니 이내 제대로 눈을 뜨기 어려울 정도로 그 속도가 빨라졌다.

휘몰아친다는 말이 딱 어울릴 정도로 주변의 공기가 달라졌다.

기상 변화라 해도 믿을 만큼 갑작스럽게 주변의 공기가 요동치기 시작하자 적진의 혼란은 더욱 커져갔다.

쿠쿠쿠쿠쿠!

주변의 공기가 서윤을 중심으로 모여들었다가 흩어지기를 반복하더니 이내 도저히 뚫을 수 없을 것 같은 방패처럼 서윤의 주변을 감싸기 시작했다.

어느새 쥐어져 있는 서윤의 주먹.

그리고 그 끝에는 한껏 끌어 올린 진기가 금방이라도 터져 나갈 듯 응축되어 있었다.

영롱하게 빛나는가 싶더니 이내 선명한 구체의 형상을 띠기 시작했고, 얼마 지나자 그 형체를 알아볼 수 없을 정도로 투명해졌다.

그것을 지켜보고 있는 설시연의 입가에 미소가 번졌다.

'더 나아가는군요.'

설시연이 그렇게 중얼거리고 있을 때 의협대원들은 그저 신비로운 광경에 넋을 잃고 있었다.

그리고 그 순간.

"합!"

서윤의 주먹이 뻗어 나갔다.

그와 함께 주변에 모여 있던 공기, 그리고 주먹에 응축되어 있던 강한 기운이 맹렬한 기세로 쏘아져 나갔다.

쿠콰콰콰콰콰콰콰!

요란한 소리와 함께 쏘아져 나가는 기운.

적들로 하여금 마치 거대한 해일이 밀려오는 것 같은 착각을 일으킬 정도로 강하고 거대한 기운이었다.

서윤은 진기가 훅 빠져나가는 것 같은 느낌을 받았다.

하지만 빠져나간 진기는 상단전과 중단전, 하단전을 통해 마치 온천수가 터져 나오듯 빠르게 채워졌다.

서윤의 손을 떠난 기운이 적진을 휩쓸고 지나갔다.

그리고 그 결과는 참혹했다.

적진 한가운데를 쓸고 지나간 기운은 마치 거대한 구덩이를 판 것처럼 넓고 길게 초토화되어 있었다.

"굳이 우리도 싸워야 됩니까?"

그 광경을 본 위지강이 넋이 나간 표정으로 중얼거렸다. 그 말에 대꾸하는 사람은 아무도 없었으나 마음은 모두 같았다.


"말도 안 돼."

이 광경을 지켜본 사람들은 또 있었다.

바로 이곳에 적들이 모여 있다는 소식을 접한 비룡문의 문주 유탁을 비롯한 광서무림 문파들이었다.

그들이 이곳에 도착한 시점은 서윤의 공격이 막 그의 주먹을 떠나는 순간이었다.

그 엄청난 광경을 고스란히 목도한 그들의 눈에 서윤은 새로운 희망이자 영웅으로 비춰졌다. 몇몇에게는 가히 신과 같은 존재로 보일 정도였다.

어찌 사람이 저런 힘을 보일 수 있단 말인가.

이건 말이 안 되는 수준이었다. 서윤에 대한 소문을 듣기는 했으나 실제로 보고 나니 오히려 소문이 모자라다는 느낌마저 받았다.

모든 이가 다른 이유로 충격을 받고 있을 때.

서윤이 땅을 박차고 쏘아져 나갔다.

매서운 해풍을 연상시키는 움직임으로 적진을 파고드는 서윤을 보며 설시연을 비롯한 의협대원들도 쏜살같이 달려들었다.

"우리도 가지요."

유탁의 말에 한자리에 모인 모든 문파가 우렁찬 함성과 함께 적들을 향해 달려들었다.

하늘을 꿰뚫는 기세와 바닥을 뚫고 들어가는 기세.

두 기세가 만들어낸 충돌의 결과는 굳이 확인하지 않아도 알 수 있었다.

그날 이후, 광서무림을 중심으로 서윤에 대한 소문이 다시금 퍼지기 시작했다.


"그의 주먹이 뻗어낸 기운은 가히 광풍과 같았으며 하늘도 막을 수 없을 것 같았다."

"그의 주먹질 한 번에 수백의 적이 쓰러졌으며, 종횡무진 적진을 누비는 모습은 매서운 칼바람이 전신을 난도질하는 것 같은 착각을 일으킬 정도였다."

"변화무쌍한 바람이 불자 그 자리에 남아 있는 적은 없었 다."

광서무림의 강호인들의 입을 통해 퍼져 나가기 시작한 서윤에 대한 소문은 개방의 입김이 더해져 중원 전체를 울리기 시작했다.

그저 소중한 사람들을 지키고자 하는 신념으로 강호에 발을 내디딘 서윤의 이름이 중원 전체를 호령하는 이름으로 변모하기 시작한 것이다.

풍신이 되라는 신도장천의 유언을 이루기 위한 서윤의 발걸음은 이제부터 시작일지도 몰랐다.


*　　　　*　　　　*


어두운 토굴 안.

굵직한 쇠사슬이 괴인의 팔다리를 단단히 고정하고 있다. 끊어질 듯 팽팽하게 당겨진 쇠사슬의 끝에 매달려 있는 괴인은 고개를 숙인 채 들지 않고 있었다.

조금씩 움직이는 가슴이 아니었다면 살아 있는 자라는 것을 알기 어려울 정도로 폐인의 꼴을 한 괴인이었다.

벽에 단단히 묶여 있는 그의 앞에는 단단한 쇠로 만들어진 쇠창살이 있고 그 밖에 한 사람이 서 있었다.

항상 마교주의 곁에서 그의 수발을 드는 여인이었다.

"흥미로운 소식을 하나 가져왔어요."

여인의 목소리가 토굴에 울리며 더욱 청아하게 들렸다. 하지만 그 목소리에도 괴인은 고개를 들지 않았다.

괴인의 반응은 전혀 신경 쓰지 않는다는 듯 여인이 계속해서 말을 이어갔다.

"중원에 재미있는 자가 나타났어요. 권왕의 제자라더군요."

중원제일이라 불리던 권왕, 그리고 그의 제자.

무공을 익힌 자라면 그 이름만으로도 충분히 호기심이 동하겠지만 괴인은 관심도 없는 듯했다.

"세간의 평가는 이미 권왕을 뛰어넘었다는 쪽으로 쏠리고 있더군요. 중원에서 그를 이길 자는 없다며 거의 신격화되고 있는 사람이에요."

그렇게 말한 여인은 가만히 괴인의 반응을 살폈다. 하지만 역시나 괴인의 반응은 전무했다.

"교주님께서 그러시더군요. 과연 권왕의 제자와 '그'가 싸우면 결과가 어떨까? 아니, 이길 수는 있을까? 라고."

그 말을 끝으로 여인은 미련 없이 몸을 돌려 그 자리를 벗어났다.

재잘대던 목소리가 사라지자 토굴은 다시금 적막에 휩싸였다.

"큭… 큭… 큭큭큭."

잠시 후 괴인의 입에서 웃음소리가 들렸다.

짧게 시작된 그의 웃음소리는 어느덧 광소(狂笑)가 되어 토굴을 울렸다.

"크하하하하하하!"

고개를 들어 올리며 한참을 웃은 그가 고개를 내려 정면을 응시했다.

그의 두 눈에서 붉은 혈광이 뿜어져 나와 토굴을 붉게 물들였다.


하루가 지나고 여인이 다시 토굴을 찾았다.

하지만 그 자리에 있어야 할 사람은 보이지 않았다. 단단한 쇠창살은 엿가락처럼 휘어 벌어져 있고 괴인을 묶고 있던 쇠창살은 마치 노끈처럼 끊어져 있었다.

그럼에도 여인의 표정에는 조금도 변화가 없었다.

턱!

그때, 갑자기 어둠 속에서 괴인이 모습을 드러내며 여인의 목을 졸랐다.

"네년이 교주로 모시는 그 아이에게 날 데려가거라."

목이 졸려 얼굴이 새빨갛게 달아오른 채로 여인이 고개를 끄덕였다.

그러자 괴인이 여인의 목을 놓아주었고, 숨통이 트인 여인은 기침을 몇 차례 하고는 앞장서 걸었다.

그 뒤를 따르는 괴인의 손목과 발목에 있는 잘린 쇠사슬이 쩔그렁 소리를 내며 토굴을 울렸다.


"교주님."

여인이 마교주를 불렀다. 그에 창밖을 내다보고 있던 마교주가 몸을 돌렸고, 여인이 데려온 괴인과 눈이 마주쳤다.

그에 마교주는 의외라는 눈빛을 하며 말했다.

"조용히 나갈 줄 알았더니… 이곳까지 찾아오실 줄은 몰랐군요, 아.버.지. 다른 이들의 눈에 띄면 어쩌시려고."

마교주의 입에서 '아버지'라는 단어가 튀어나왔다. 세상을 떠난 신도장천이 들었다면, 아니, 정도무림의 모든 이가 놀랄 만한 상황이었다.

마교주는 덤덤하게 전대 마교주를 바라보았고, 전대 마교주는 현 마교주를 잡아먹을 듯 노려보았다.

\*　　　　\*　　　　\*

의협대, 아니, 서윤의 활약으로 광서성은 빠르게 적들을 몰아내었다. 귀주성의 상황을 정리하고 광서성으로 합류하려던 이들은 급변한 상황에 계획을 철회했다.

　광서성의 상황이 정리되고 산서성 역시 개방의 힘으로 적들을 몰아내고 나자 좌마우정(左魔右正)의 세력 구도가 자리 잡게 되었다.

　그렇게 되자 마도 쪽도, 정도 쪽도 짧게나마 재정비의 시간을 가질 수 있게 되었다.

　그리고 그것은 이 전쟁이 장기전으로 이어지게 된다는 것을 의미하는 것이기도 했다.

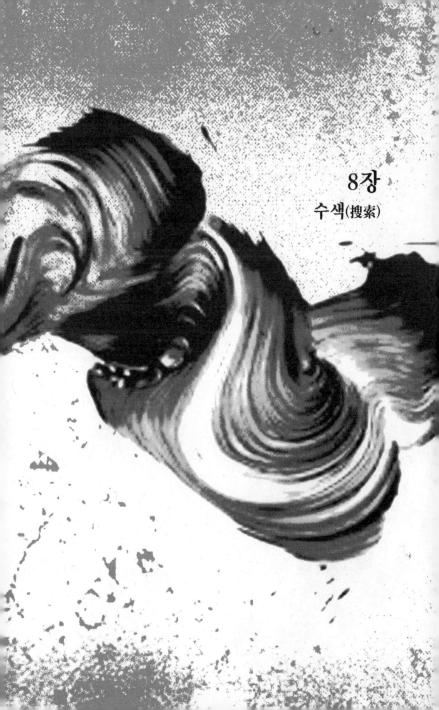

8장

수색(搜索)

風神 徐門

풍신서윤

서윤과 의협대는 무림맹으로 복귀했다.

나갈 때와 무림맹으로 복귀할 때의 그들의 위상은 천양지차였다.

특히 선두에 선 서윤을 바라보는 무림맹 사람들의 시선은 확연하게 달랐는데 말 그대로 경외심 가득한 눈빛이었다.

서윤은 그런 시선이 부담스러웠다. 하지만 곁에 있는 설시연은 마치 자신의 일인 양 기분 좋은 표정을 짓고 있었다.

가까운 곳으로 출정을 나간 의협대를 시작으로 무림맹 소속 부대들이 속속 복귀하기 시작했다.

소림, 무당 등 큰 위기를 넘긴 문파들이 전면에 나서기로 함으로써 무림맹 소속 무인들이 숨 쉴 틈을 벌 수 있게 된 것이다.

사실상 서윤의 활약이 가장 컸던 의협대는 단연 화제의 중심이었다.

어딜 가나 사람들의 주목을 받았으며 어떻게든 아는 척을 하려는 사람들이 늘었다.

그 덕에 영호광의 영호가, 위지강의 위지가 등 오대세가의 그늘에 가려 주목을 받지 못하던 가문들도 새삼 주목을 받고 있었다.

그 때문에 대원들의 서윤에 대한 고마운 마음은 점점 커져만 갔다.

그가 아니었다면 살아 있지 못했을 것이며, 그가 아니었다면 그 힘든 수련을 묵묵히 견뎌 실력을 키우지 못했을 것이며, 자신들의 가문과 사문이 주목받지 못했을 것이기 때문이다.

서윤은 그런 대원들의 마음, 그리고 사람들의 시선이 부담스러웠지만 그렇다고 피하지는 않았다.

서윤이 그렇게 할 수 있는 데에는 곁에 있는 설시연의 영향이 컸다.

설시연은 서윤의 곁에서 계속 좋은 이야기를 해주고 있었다.

강호에 나와 수많은 전투를 치르고 전체 판도를 흔들 수 있는 실력을 가지고 있음에도 주목받는 것을 부담스러워하는 서윤에게 설시연의 조언은 큰 도움이 되었다.

무엇보다 신도장천의 유언인 '풍신'의 칭호를 얻기 위해서는 단순히 실력을 키우는 것뿐만이 아닌 사람들의 인정을 받아야만 가능하다는 이야기는 서윤이 지금의 부담을 이겨내고 받아들이는 데 큰 역할을 했다.

그렇게 서윤은 어쩌면 조금은 늦게 강호 생활에 적응해 나가고 있었다.


                    *              *              *


매영은 봉황곡 살수들과 함께 음귀곡주를 잡기 위한 방법을 모색하고 있었다. 애초에 자신의 수하들은 동원하기 어려울 것이라 생각했으나 가장 자신에게 충성스러운 수하 일부를 포섭해 함께 행동할 수 있게 되었다.

이에 매영을 포함해 총 서른 명 정도 되는 인원이 참가하는 음귀곡주 납치 계획을 세우고 있었다.

"음귀곡의 위치는 정확하지 않아. 하지만 대략 이쯤으로 생각하고 있어."

"사천성?"

매영이 가리킨 곳은 사천성에서도 운남과 가까운 쪽이었다. 그에 몽이 이해할 수 없다는 표정을 지었다.

"그래. 사천성."

"이해가 가지 않소. 사천성에 음귀곡이 있다면 청성이나 당문, 아미가 알아차리지 못했을 리가 없소."

"그렇지. 나도 그 부분이 조금 의심스럽긴 해. 왜 몰랐을까. 지난 정마대전의 끝을 본 지역도 운남, 이번 정마대전의 시작인 권왕의 죽음도 운남에서 벌어졌어. 그렇다면 가장 가까운 사천 땅의 세 문파가 가장 먼저 경계심을 가졌을 텐데 어찌해서 몰랐을까."

매영의 말에 몽이 인상을 찌푸렸다. 아무리 생각해 봐도 답이 나오질 않았다.

"몇 가지 가설을 세울 수 있겠지만 어쨌든 지금은 그게 중요한 건 아니니까. 어쨌든 사천성 남부 쪽 어딘가에 음귀곡이 있어."

"그럼에도 사천의 세 문파가 아닌 소림과 무당을 먼저 쳤다니."

몽은 여전히 이해하지 못하겠다는 듯 홀로 중얼거리고 있었다.

그에 매영이 인상을 찌푸리며 말을 이었다.

"내 말에 집중해. 우리가 해야 할 첫 번째는 어쨌든 음귀곡을 찾아내는 거야. 찾아야 그다음 곡주를 납치하든 뭘 하든 할 수 있을 테니까."

"좋소, 음귀곡을 찾았다 칩시다. 그다음은?"

"그다음은 뭐겠어. 당연히 음귀곡주 납치지."

매영의 말에 몽이 한숨을 내쉬었다. 이럴 때 보면 매영이 정말 살수가 맞긴 한 건지 의심스러웠다.

그런 몽의 심정을 읽기라도 한 듯 매영이 부연 설명을 했다.

"음귀곡이 어떻게 생겨먹었는지 아는 사람이 없어. 일단 음귀곡을 찾은 뒤에 음귀곡의 구조는 어떤지, 그리고 내부에 실혼인은 몇이 있는지를 파악해야지. 중요한 건 음귀곡주의 곁에 그를 호위하는 실혼인이 몇이나 있느냐 하는 거야. 그런 다음에 구체적인 계획을 세워야겠지."

매영의 말에 몽이 고개를 끄덕였다.

"혹시 범위를 더 좁힐 수는 없겠소?"

"범위?"

"사천성 남부. 이건 너무 범위가 넓지 않소? 범위가 좁혀져야 시간도 단축될 텐데."

몽의 말에 매영이 지도 몇 곳을 짚으며 말했다.

"목리(木里), 덕창(德昌), 서창(西昌), 녕남(寧南), 금양(金陽)을 아우르는 이 주변에 있을 가능성이 가장 높아. 만약 이곳을 다 뒤졌는데도 못 찾으면 그땐 시간이 더 걸리겠지."

매영의 말에 몽이 고개를 끄덕이며 말했다.

"좋소, 우선 이쪽을 샅샅이 뒤져 봅시다. 이쪽에 음귀곡이 있길 바라야지."

몽의 말에 매영도 고개를 끄덕였다.


음귀곡이 있을 것으로 생각되는 지역이 워낙 운남과 가깝기 때문인지 기후 역시 고약했다.

바람이 심한 듯하다가도 무덥고 습하기도 한 사천성 남부의 기후에 음귀곡을 찾기 위해 이곳을 찾은 이들을 곤경에 빠뜨리고 있었다.

게다가 밀림이 우거진 곳이라 이동하는 데에도 제약이 많았기에 체력 소모도 심했다.

"예상은 했지만 이 정도일 줄은 몰랐는데."

몽이 낮은 목소리로 중얼거렸다. 그에 몽과 함께 움직이고 있는 매영이 말했다.

이곳을 찾은 이들은 두 명이 한 개 조를 이뤄 수색하고 있었다.

"이런 날씨는 예삿일이야. 그러니 적응해. 아프면 버리고 간다."

"당신은 익숙하오?"

"나? 나야 익숙하지."

그녀의 말에 몽이 작게 한숨을 쉬었다. 왠지 앞으로 자신만 고생하게 될 것 같다는 불길한 예감이 들었다.

툭! 툭! 후두두둑!

"젠장."

갑자기 빗방울이 떨어지는가 싶더니 이내 빗줄기가 굵어지기 시작했다.

그나마 높고 잎이 넓은 나무들이 많아 비를 고스란히 맞는 불행은 겪지 않아도 되었지만 일단은 비를 피할 장소를 찾는 게 나을 듯했다.

"이쪽으로."

주변을 살피던 매영이 몽을 부르며 발걸음을 옮겼다. 익숙하다는 아까 그녀의 말이 허튼소리는 아니었구나 하는 생각에 몽은 망설이지 않고 매영의 뒤를 따랐다.

그녀의 뒤를 따라 조금 가니 작은 토굴이 있었다.

그렇게 크지는 않았으나 두 사람이 들어가 비를 피하기에는 무리가 없는 크기였다.

두 사람은 지체하지 않고 토굴 안으로 들어갔다.

혹여나 빗물이 스며들지 않을까 걱정이 되었지만 생각보다 훌륭한 도피처가 되어주었다.

"이쪽 날씨는 원래 이래. 맑다가도 갑자기 비가 내릴 때도 많지. 그러니 지형을 보고 비 피할 곳 찾는 것 정도는 쉽게 할 수 있어야 해."

매영의 말에 몽이 고개를 끄덕였다. 그러면서 토굴 밖 하늘을 슬쩍 쳐다보았다.

굵은 빗줄기는 쉽게 그칠 것 같지 않았다. 그에 몽이 인상을 찌푸렸다.

그러는 사이 매영은 토굴 벽에 슬쩍 기대며 말했다.

"좀 자둬. 금방 그치진 않을 거야."

무심한 듯 말한 매영은 금방 잠에 빠져들었다. 그에 다시 한 번 하늘을 쳐다 본 몽 역시 그녀에게 등을 돌린 채로 잠을 청했다.


얼마를 잤을까.

몽은 한기를 느끼며 잠에서 깼다. 밖을 보니 이미 비는 그쳤지만 날이 어두워져 있었다.

몽은 고개를 몇 차례 흔들며 정신을 차리려고 했다. 그러면서 슬쩍 옆을 보았는데 매영 역시 한기를 느끼는지 두 팔로 몸을 끌어안은 채 잠들어 있다.

"도대체 살수가 맞는 건지."

살수라면 기척에 예민해야 한다. 그런데 매영은 몽이 잠에서 깨어 옆에서 부스럭거리고 있음에도 깨어날 기미가 보이지 않았다.

"대단한 여자야."

그렇게 중얼거린 몽이 토굴 밖으로 나왔다. 이대로라면 밤새 추위에 떨어야 할 것 같아 불이라도 지펴야겠다는 생각에 서였다.

비 때문에 마른 가지들을 찾을 수 있을지 모르겠지만 일단은 주변을 좀 둘러볼 생각이다.

토굴 밖으로 나온 몽은 슬쩍 안에서 자고 있는 매영을 쳐다본 후 발걸음을 옮겼다.


어느 순간부터 느껴진 온기에 매영도 천천히 눈을 떴다.

몇 차례 눈을 깜빡이며 초점을 맞춘 매영이 슬쩍 몸을 일으켰다.

"깼소?"

"불 피웠네?"

"금방이라도 얼어 죽을 것 같더이다."

몽의 말에 매영이 피식 웃었다.

무공을 익혔기에 얼어 죽지는 않았겠지만 추위를 느끼긴 한 것이다.

"마른 나무를 용케 찾았네?"

"고생 좀 했소."

그렇게 말하는 몽이 나뭇가지 하나를 모닥불 위로 던져 놓았다.

매영은 슬쩍 몽의 옷깃을 쳐다보았다.

짧아진 소매를 보며 그가 불을 피우기 위해 옷을 찢었다는 걸 알 수 있었다.

"뭐 하러 옷까지 찢어."

"얼어 죽는 것보다는 낫지 않겠소?"

그렇게 말한 몽은 대수롭지 않다는 듯 팔을 슬쩍 들어 소매를 쳐다보고는 다시 모닥불에 시선을 던졌다.

"봉황곡에는 언제부터 있었어?"

"기억도 나질 않소. 길러준 사부 말로는 버려져 있었다고 하더이다."

"매향이는 언제부터 안 거야?"

"쭉 봉황곡에서 자랐으니… 처음부터 알았다고 보면 되오."

"많이 알겠네. 그 아이에 대해서."

"안다면 알고 모른다면 모르고."

모호한 몽의 대답에 매영이 그를 바라보았다. 앉은 자리 때문에 옆모습 밖에 볼 수가 없었다.

"얘기 좀 해줘. 어렸을 때에는 어떻게 지냈는지."

"특별할 것 없소. 전대 곡주님의 손에 맡겨졌고, 그분께 가르침을 받았고. 잘 알지 않소? 살수의 무공을 익히는 것이 얼마나 고달픈 일인지."

"알지."

"그런데 곡주는 그 힘든 수련을 하면서도 눈물 한번 흘린 적이 없었소. 악착같은 면이 있었지. 그러니까 봉황곡을 지금까지 끌고 올 수 있었던 거고."

몽의 말에 매영이 가만히 고개를 끄덕이며 서시의 어린 시절을 나름대로 머릿속에 그렸다.

"그런데 그 서윤이라는 자와는 어떻게 알게 된 거야?"

"악연이었는데 알고 보니 인연이었던 거지. 처음엔 폭렬단의 사주를 받아 그를 잡았소. 하지만 그가 생각하고 있던 것보다 강했지. 의뢰는 결과적으로 실패했고, 그가 곡주에게 자신에게 협조하라고 역으로 청부를 넣은 거로 알고 있소."

"역으로 청부를 했다고?"

"그렇소. 자기가 해야 할 일이 있으니 도와달라고. 뭐, 그렇게 해서 봉황곡 전체가 한동안 그의 일을 도왔소."

"청부의 대가는?"

"음지 사람들인 우리를 양지로 끌어올려 주는 것."

몽의 대답에 매영이 묘한 표정을 지었다.

"둘 사이에 별일은 없었고?"

"없었소."

단호한 몽의 말에 매영이 입을 빼쭉 내밀었다.

남녀가 오랜 시간을 함께했는데 별일이 없었다니. 하지만 지난번에 봤을 때 서윤의 옆에 있던 설시연을 보니 이해가 가지 않는 건 아니다.

"뭐, 곡주는 그자에게 관심이 좀 있는 것 같긴 했소. 단순히 호기심 때문인지 아니면 연정인지는 곡주 본인만 알겠지만."

이어진 몽의 말에 매영이 툴툴거리듯 말했다.

"여자애가 매력 없이."

"어쨌든 곡주를 치료해야 하나 말아야 하나 고민하다가 그래도 죽을 땐 죽더라도 온전한 정신에 호기심이든 연정이든 마음에 들인 남자 얼굴 한번은 제대로 보고 가야 하지 않나 싶은 생각에 치료를 결정했던 거요."

몽의 말에 매영이 고개를 끄덕였다. 만약 동생이 서윤에게 품은 마음이 호기심이 아니라 연정이었다면 그렇게 해주는 게 맞겠다 싶었다.

"그런데 왜 마지막이야? 치료가 가능하다면서."

"아, 그 얘기는 내가 안 했소?"

"무슨 얘기?"

매영의 물음에 몽이 작게 한숨을 내쉬며 말했다.

"부작용이 있을 수 있다고 하오. 정신을 되돌려도 실혼인화된 몸은 되돌릴 수 없거나 몸이 붕괴되거나."

몽의 말에 매영이 깜짝 놀랐다. 그렇다면 살아도 산 것이 아닌 것과 같았다. 치료 여부를 두고 고민했다는 몽의 말이 이해가 가는 순간이다.

"뭐, 음귀곡주를 데려가면 그런 부작용 없이 치료할 수 있을지도 모르지."

"꼭 찾아야겠네. 음귀곡주."

매영이 나직이 중얼거렸다.

두 사람은 타오르는 모닥불을 바라보며 더 이상의 말없이 밤을 지새웠다.

동이 터오기 시작하자 두 사람은 토굴 밖으로 나왔다.

날이 완전히 밝은 것은 아니라 토굴 밖은 아직 좀 쌀쌀했다.

하지만 시간을 더 이상 지체할 수 없었기에 두 사람은 발걸음을 재촉했다.

"한 가지 궁금한 것이 있소."

험한 산길을 걷던 몽이 뒤따르는 매영에게 물었다.

"뭔데?"

"이렇게 독자적으로 오랜 시간 움직여도 괜찮은 것이오?"

"무슨 말이야?"

"마교 쪽에서 의심하지 않을까 해서 말이오."

"걱정해 주는 거야?"

"봉황곡에까지 해가 미칠까 걱정돼서 그러오."

"쳇."

몽의 말에 매영이 입을 빼쭉 내밀었다. 그러고는 퉁명스럽게 말했다.

"걱정 마. 어차피 지금은 소강상태이고 아래 애들한테는 적당히 핑계 대고 둘러댔으니 당분간은 마교 쪽에서도 크게 신경 안 쓸 거야."

"그렇다면 다행이고."

그렇게 말한 몽이 갑자기 매영 쪽으로 빠르게 돌아서며 무언가를 던졌다.

그에 빠르게 몸을 비틀어 피한 매영이 사납게 소리쳤다.

"뭐야!"

"살수 맞소?"

그렇게 말한 몽이 무심하게 그녀의 뒤쪽으로 슬쩍 눈짓을 한 뒤 다시 발걸음을 옮겼다.

매영이 뒤를 돌아보자 몽이 던진 표창에 머리가 찍혀 나무에 박힌 채로 꿈틀거리고 있는 독사가 눈에 들어왔다.

조용히 다가온 독사가 매영을 공격하려는 찰나 그것을 알아차린 몽이 재빨리 표창을 던져 그녀를 구한 것이다.

'뭐야, 저 사람?'

매영이 앞서 걸어가는 몽의 뒷모습을 보며 속으로 중얼거렸다.

'거기다가 난 또 뭐고.'

평소의 자신이라면 아무리 독사가 은밀하게 접근했어도 알아차리지 못할 리가 없었다.

그런데 이번에는 독사의 존재 자체를 눈치채지 못했다.

'저 남자 때문에?'

그렇게 생각한 매영이 도리질을 치며 생각을 쫓아버리고는 주변을 살피며 서둘러 몽의 뒤를 따랐다.


두 사람은 몸을 바짝 웅크린 채 어딘가를 보고 있었다.

밀림 속에 있는 깊은 골짜기가 하나 있고 그 아래쪽에 건물 몇 채가 있었다.

"찾은 것 같소."

"그러네. 이런 데 있으니 찾기가 어렵지."

짧게 대화를 나눈 두 사람은 음귀곡 쪽을 계속해서 관찰했다.

하지만 골짜기 아래쪽에는 안개도 끼어 있고 제법 거리도 있어 관찰하는 데에 한계가 있었다.

"좀 더 가까이 가보자."

"위험하오. 안개가 있으니 저들도 우리를 보기 어렵겠지만 우리도 저들을 보기 어렵소. 실혼인들이 득실거리는 저곳에 지금 들어가는 건 미친 짓이오."

몽의 말에 매영이 입술을 깨물었다.

"여기까지 와서 그냥 돌아가야 하나."

"일단 위치를 알았으니 수색 중인 동료들과 함께 오는 것이 좋을 것 같소. 날이 좋을 때가 있겠지."

몽의 말에 매영도 고개를 끄덕일 수밖에 없었다. 웅크린 채 음귀곡을 살피던 두 사람은 일단 철수를 결정하고 그 자리를 벗어났다.


며칠 뒤.

몽과 매영은 함께하기로 한 살수들과 녕남과 가까운 곳에 있는 안가에 모였다.

음귀곡의 위치를 파악했으니 이제는 구체적으로 무엇을 어떻게 할 것인지를 결정해야 했다.

"음귀곡의 위치는 녕남에서 서남쪽으로 약 오 리 정도 떨어진 협곡에 있어. 밀림 안에서도 협곡에 있다 보니 눈에 잘 띄지 않았던 거지."

매영의 말을 몽이 이어받았다.

"협곡은 제법 깊소. 은밀하게 접근해야겠지만 쉽지 않을 수 있고 무엇보다도 아직 음귀곡 내에 실혼인이 몇이나 있는지를 파악하지 못했소."

"그래서 조만간 다시 찾아갈 거야. 그때는 우리 전부가 최대한 은밀하게 음귀곡 내부로 잠입해야 해. 우선은 음귀곡의 구조와 실혼인의 숫자, 곡주의 거처와 근처에서 호위하는 실혼인의 숫자를 파악하는 것이 목적이지만 기회가 된다면 음귀곡주를 납치하는 것까지 한 번에 처리할 거야. 찾아온 기회를 발로 차버릴 수는 없으니까."

매영의 말에 살수들 모두가 고개를 끄덕였다.

"이 중 일부는 살아서 돌아오지 못할 수도 있소. 실혼인의 숫자에 따라 전부가 살아 돌아오지 못할지도 모르지. 하지만 일단 음귀곡주의 신원을 확보하면 오히려 일은 쉽게 진행될지도 모르오."

몽의 말처럼 음귀곡주의 신원을 확보한다면 그를 이용해 실혼인을 물리고 안전하게 빠져나올 수 있을지도 몰랐다.

하지만 그런 상황을 만들기까지가 굉장히 어려웠다.

"상대가 실혼인이기 때문에 낮이든 밤이든 저들에게는 차이가 없어. 그렇다면 우리가 움직이기에 유리한 상황에서 진행해야겠지. 내일까지는 푹 쉬고 모레 출발하자고. 최후의 만찬이 될지도 모르니까 먹고 싶은 것들 많이 먹어두고."

그 말을 끝으로 매영과 몽은 세운 계획을 모두 전달하고 자리에서 일어났다.

＊　　　　　＊　　　　　＊

서윤은 무림맹에 머물며 의협대의 무공을 살피고 있었다.

그간 본인들의 피나는 노력으로 많은 성취를 이뤘지만 서윤과 같은 고수가 그들의 무공을 봐준다면 더욱 성취를 높일 수 있었다.

동료를 잃지 않기 위해 본인의 실력을 높였지만 서윤 자신의 힘만으로 그들을 지키는 데에는 분명 한계가 있었다.

그렇기에 대원들의 실력 상승은 어쩔 수 없는 요소이기도 했다.

그런 나날을 보내고 있을 때 종리혁이 서윤을 찾았다.

또 다른 임무가 생긴 것이라 생각하고 그를 찾은 서윤은 종리혁으로부터 뜻밖의 제안을 받았다.

"무림맹 소속 무인들의 무공을 봐주게."

"예?"

"무공 교두가 되어달라는 말이네."

전혀 예상치 못한 제안에 서윤은 난감한 표정을 지었다.

비록 대원들의 무공을 봐주고는 있으나 그것은 어디까지나 자신처럼 주먹을 쓰는 자들이기에 가능했다.

물론 설시연과 함께 무공 수련을 하며 검법에 대한 것도 어느 정도 익숙하긴 했으나 그렇다고 다른 이의 무공을 봐줄 정도는 아니라 생각하고 있던 까닭이다.

"어떤가?"

서윤이 머뭇거리며 대답을 피하자 종리혁이 다시금 물었다. 그에 서윤이 머리를 긁적이며 말했다.

"제가 아직 다른 사람의 무공을 봐줄 정도의……"

"실력이 되지. 익숙하지 않을 뿐 자네 정도의 성취라면 다른 이의 무공을 보고 느낀 바를 얘기해 줄 수 있을 것이네."

서윤의 말을 가로채 자신의 생각을 말한 종리혁이 서윤을 빤히 바라보았다.

"부담 주는 것은 아니니 천천히 생각해 보게. 뭐, 그래도 너무 오래 걸리지는 않았으면 좋겠군."

"알겠습니다."

서윤이 조금은 부담을 던 것 같은 표정과 목소리로 대답했다.

사실 스스로 '잘할 수 있을까?' 하는 생각에 망설이는 것이지만 설시연의 무공을 봐주면서 본인도 얻는 것이 적지 않다는 것을 이미 경험한 터라 무조건 싫다 하는 것은 아니었다.

"그 얘기는 겸사겸사했던 거고, 자네를 부른 진짜 이유는 따로 있네."

종리혁의 말에 서윤이 의아한 눈빛으로 그를 쳐다보았다.

"검왕 선배로부터 무슨 이야기 들은 것이 있는가?"

"어떤 이야기 말입니까?"

"가령 저들의 근거지가 어디인지부터 시작해서 마교와 관련된 그 어떤 이야기라도."

종리혁의 물음에 서윤이 가만히 고개를 저었다. 사실 서윤도 설백이 깨어나면 어떤 식으로든 도움이 될 만한 이야기를 해줄 것이라 생각했다.

하지만 그런 이야기는 한 번도 한 적이 없으며 그렇게 시간이 흘러 무공 수련하는 데 몰두하다 보니 관련된 내용을 물어볼 기회도 놓치고 말았다.

"그랬군. 흠……."

종리혁의 고심하는 표정에 문득 무언가를 떠올린 서윤이 그에게 물었다.

"제가 가서 한번 여쭤볼까요?"

"아닐세."

서윤의 물음에 종리혁이 고개를 저으며 대답했다. 그에 의아해하는 서윤을 보며 종리혁이 말을 이었다.

"자네는 아까의 제안을 좀 생각해 봐주게. 검왕 선배에게는 내가 가보지."

종리혁의 그 말에 서윤은 어색한 미소를 지을 뿐이었다.


서윤이 마음의 결정을 내리기도 전이건만 무림맹 내에는 그가 무림맹 소속 무사들의 무공을 봐주기로 했다는 소문이 파다하게 퍼졌다.

그렇게 되자 난감한 것은 서윤이었다. 이렇게 된 마당에 안 하겠다고 물러서기도 애매한 상황이 되어버린 것이다.

서윤은 자포자기의 심정으로 종리혁을 찾았다. 그러고는 거의 울 것 같은 표정으로 종리혁에게 말했다.

"소문이 왜 이렇게 난 겁니까?"

"나도 모르네. 난 아무 말도 하지 않았어."

천연덕스럽게 모르쇠로 일관하는 종리혁을 보며 서윤은 얄미운 감정을 느꼈다.

하지만 어쩌겠는가. 자신보다 나이도 많고 직급도 위인 그에게 따지고 들 수도 없었다.

"하, 알겠습니다. 그렇다고 너무 큰 기대는 하지 마십시오."

"당연하지. 무공이라는 게 단기간에 확 오르기가 쉬운 게 아니지 않는가? 각자 받아들이는 데에도 한계가 있을 것이고 재능에도 한계가 있을 것이고. 그저 작은 도움이 된다면 그걸로 족하네."

종리혁이 웃으며 말했다. 그에 서윤은 왠지 당한 것 같은 기분이 들었지만 더 이상 어쩔 수가 없는 상황이 되어 있었다.

"자! 이렇게 결론이 났으니 나는 마음 편하게 검왕 선배님을 뵈러 다녀오겠네. 그동안 잘 부탁하네."

"하하."

종리혁의 말에 서윤은 어색한 웃음만 흘릴 뿐이었다.

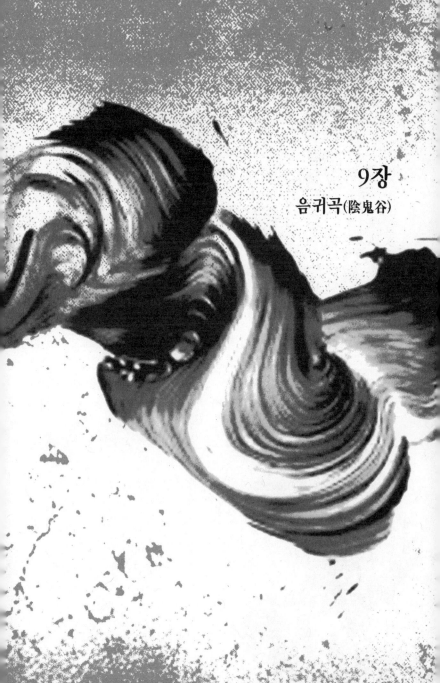

9장
음귀곡(陰鬼谷)

風神徐潤

풍신서윤

　매영과 몽은 살수들을 데리고 음귀곡이 있는 곳으로 향했다. 확실히 이미 한 번 가본 길이라 어렵지 않게 음귀곡이 있는 협곡에 도착할 수 있었다.

　다행스럽게도 지난번 이곳을 찾았을 때와 다르게 안개가 끼어 있지 않아 음귀곡의 모습을 좀 더 정확하게 살필 수 있었다.

　"생각하던 것보다 잠입이 쉽지 않을 것 같소."

　"그러게. 내려가다가 다 죽겠어."

　매영의 말처럼 음귀곡이 자리하고 있는 협곡은 절벽이라 해도 이상하지 않을 정도로 가파른 경사였다.

게다가 마땅히 붙잡을 것이나 발 디딜 곳이 없어 내려가기 쉽지 않을 듯했다.

"요새가 따로 없군."

몽의 말에 매영이 고개를 끄덕이더니 고심에 잠겼다.

안에 실혼인이 몇이나 있고 구조가 어떻게 되어 있는지가 중요한 것이 아니라 어떻게 내려가느냐 하는 것부터 고민해야 할 판이었다.

"분명 음귀곡주가 밖으로 나오는 일이 있을 것이오. 우선은 근처에 숨어 지켜봅시다."

"만약 음귀곡주가 밖으로 나오지 않는다면? 그냥 계속해서 보고만 있을 거야?"

"그럼 어떻게 하자는 말이오?"

"실혼인들도 이 협곡을 기어오르지는 않을 거 아냐. 그럼 분명 방법이 있을 거고, 기다리기보다는 적극적으로 찾아 나서야지."

"여기는 적진이오. 그러다가 걸리면 목숨이 위태롭소. 아무것도 해보지 못하고 죽는 건 무의미한 죽음일 뿐이오."

몽과 매영의 의견이 참예하게 갈렸다.

그에 함께 온 살수들은 숨죽이고 두 사람의 의견이 합쳐지길 기다릴 수밖에 없었다.

계속해서 대립각을 세울 수도 없는 상황. 결국 매영이 작게 한숨을 쉬며 말했다.

"좋아, 딱 열두 시진만 지켜보지. 그랬는데 방법을 찾지 못하면 내 의견에 따라."

"후, 알겠소."

매영이 절충안을 내놓자 몽 역시 한 발 물러서며 고개를 끄덕였다.

"좋아, 최우선은 들키지 않는 거야. 실혼인은 본능에 충실한 자들이기 때문에 기운을 감지하는 능력이 우리보다 훨씬 뛰어날 거야. 그러니 어떻게 해서든 들키지 마. 만약 들킨다면… 혼자 죽는 거야. 절대 주변에 숨어 있는 동료들에게 피해 주지 말라고. 숨어 있는 사람들 역시 마찬가지. 동료가 발각되어 위험하다고 해서 돕겠다고 나서지 말고. 실혼인은 우리 같은 살수 한두 명이 달라붙는다고 해서 쉽게 쓰러뜨릴 수 있는 상대가 아니야."

매영의 말에 살수들이 고개를 끄덕였다. 그들의 목적은 어디까지나 음귀곡주의 신원 확보, 모두가 내로라는 살수들인 만큼 그런 것 정도는 이미 각오하고 있었다.

"자, 얘기 들었으면 흩어져."

매영의 말에 살수들이 고개를 끄덕이고는 조용히 그 자리에서 사라졌다.

"우리도 흩어집시다."

그렇게 말한 몽이 자리에서 일어났다. 그런 그를 붙잡은 매영이 짧게 한마디 했다.

"조심해."

"걱정 마시오."

역시나 짧게 대답한 몽이 빠르게 어디론가 사라졌다.


어둠이 깔리기 시작할 때 모인 그들은 어둠이 완전히 내려앉아 주변을 분간하기 어려운 시간까지 음귀곡 주변에 숨어 있었다.

최대한 안력을 돋우어 음귀곡을 살펴보고 있었으나 아무런 움직임도 발견할 수가 없었다. 마치 곡 내에 아무도 없는 것 같았다. 간간이 실혼인들이 내는 괴성 같은 것이 들리지 않았다면 포기했을지도 모른다.

몽은 호흡도 최대한 늦춘 채 음귀곡을 살폈다. 눈을 깜빡이는 그 찰나의 순간에도 무슨 일이 벌어지지 않을까 싶은 생각에 눈도 거의 깜빡이지 않았다.

잠복에 들어간 지 벌써 두 시진이 넘어가고 있었다. 해시에 접어들자 정말로 보이는 것이 없었다. 안력을 돋우어 눈으로 살피는 데에는 한계가 있었기에 최대한 청각을 예민하게 만들어 소리로 파악하려 했다.

실혼인들의 무위가 상당하다고는 하나 사람과 같이 은밀하고 세심한 움직임은 다소 부족한 만큼 소리에 귀 기울인다면 어느 정도 그들의 동선과 움직임을 예측할 수 있다고 믿은 까닭이다.

'사람이 한 명뿐이라 그런지 빛도 나오지 않는군.'

사람이 살면서 빛이 없을 수는 없다. 어둠이 내려앉으면 불을 켜고 시야를 확보하는 것은 당연한 일. 하지만 음귀곡에서는 그 흔한 빛도 흘러나오지 않고 있었다.

음귀곡주의 거처가 지금 몽이 있는 곳에서 보이지 않는 곳에 있다면 그가 처소에서 불을 켠다 한들 보이지 않을 수밖에 없었다.

'아쉽군. 불빛이라도 보인다면 처소의 위치는 알 수 있을 텐데.'

몽은 진심으로 아쉬워했다. 협곡을 내려갈 방법을 아직 찾지 못했지만 처소가 어디에 있는지 파악할 수 있다면 음귀곡주의 신원을 확보하는 데 도움이 될 터였다.

그때, 매영의 전음이 들려왔다.

[계속 이러고 있어야 할까?]

[그럼 이 어둠 속에서 별수 있겠소? 자칫 협곡 아래로 떨어지면 그야말로 개죽음이오.]

[그렇긴 하지. 시간이 늦으면 늦을수록 음귀곡주가 밖으로 나올 가능성이 적을 것 같은데, 어떻게 생각해?]

매영의 전음에 몽 역시 가만히 고개를 끄덕였다.

[철수하자는 거요?]
[날 밝을 때 오는 게 훨씬 나으니까. 멀리까지 철수하진 말고 조금 안전한 곳까지만 물러나서 노숙이라도 하자는 거지.]

매영의 전음에 잠시 생각하던 몽이 마지못해 그녀에게 전음을 보냈다.

[오늘은 독사와 독충이 우글거리는 곳에서 자게 생겼군.]

매영과 몽은 살수들을 철수시켰다. 가까운 곳으로 철수했다가 날이 밝고 시야가 확보되거든 그때 가서 움직임이 있길 기다리거나 방법을 찾을 계획이다.

한데 모인 살수들은 불을 피웠다. 숲 속이기도 했고 혹시나 새어 나가는 빛 때문에 곤란한 상황에 처할지도 몰라 모닥불을 크게 피울 수도 없었다.

한기만 겨우 피할 수 있을 정도의 모닥불이 고작이었다. 그러다 보니 살수들은 더욱 가깝게 모일 수밖에 없었다.

아무리 살수라지만 남녀가 섞여 있는데 분위기가 묘하지 않을 수가 없었다. 어딘지 모르게 어색한 분위기가 흘렀지만 그들 사이에서는 아무런 말도 오가지 않았다.

살수로 길러지면서 말수가 적어야 한다고 교육받은 탓도 있었지만 이런 상황이 익숙하지 않아 어떤 말을 해야 할지 모르는 것도 큰 이유였다.

그렇게 어색한 분위기가 계속되고 있을 때 먼저 입을 연 사람은 몽이었다.

"그런 방법을 생각하지 못하다니."

"뭔데?"

정적을 깨는 몽의 말에 매영이 반색하며 물었다. 그러자 몽이 문득 떠오른 생각을 말했다.

"저들이 움직일 때까지 기다리는 것도 무식한 방법이고 무작정 방법을 찾아 주변을 수색하는 것도 무모한 짓이오."

"그래서?"

"그렇다면 저들을 움직이게 만들면 되지 않겠소?"

"움직이게 만든다고?"

그렇게 반문한 매영은 머릿속을 스치는 생각에 얼굴을 딱딱하게 굳혔다.

"안 돼."

"왜 안 된다는 거요?"

"너무 위험해."

몽의 생각은 기운이나 살기를 흘려 실혼인들을 끌어내 그들이 어떻게 협곡을 빠져나오는지 살피려는 것이었다. 그렇다면 한 명이든 몇 명이든 미끼가 되어야만 했다.

누군가의 희생으로 목적을 달성하는 방법.

분명 최고의 방법은 아니지만 지금 상황에서 선택할 수 있는 최선의 방법 중 하나였다.

"누가 희생할 건데?"

"당신한테 희생하라고 하진 않을 테니 걱정 마시오."

"너, 설마……."

매영이 몽의 얼굴을 빤히 바라보았다. 하지만 정작 몽의 표정에는 조금도 변화가 없었다.

"죽을 수도 있다고."

"죽을 각오요."

그 말에 매영은 어이가 없다는 표정으로 몽을 빤히 바라보았다.

"왜 그렇게 쳐다보시오?"

"어이가 없어서."

"왜 어이가 없소?"

"당연한 거 아냐? 자기 목숨을 버리겠다는 천치가 눈앞에 있는데?"

"그게 왜 천치냐는 거요."

"뭐?"

"우리의 목적은 곡주의 치료를 위해 음귀곡주를 납치하려는 거요. 그렇다면 그 목적을 이루기 위한 방법을 찾아야 하고, 아무리 생각해도 이 방법이 최선인 것 같아 말했을 뿐이오. 그럼 누가 희생을 하느냐? 난 우리 봉황곡 살수들에게 희생하라는 말은 죽어도 못하겠소. 당신은? 곡주의 혈육이니 당신에게도 희생하라고 못 하겠소. 당신의 수하들에게는 더더욱 그런 말을 할 입장이 못 되지. 그렇다면 답은 하나 아니겠소?"

몽의 말에 매영은 순간 말문이 막혔다. 마음에 들지 않는 말이지만 그렇다고 반박의 여지가 없는 말이기도 했기 때문이다.

"하……!"

매영이 짜증 섞인 한숨을 쉬었다. 몽의 말을 듣는 순간 왠지 모르게 그냥 짜증이 났다. 그리고 그의 말대로 할 수밖에 없는 이 상황이 너무나 짜증 났다.

"일단 날 밝으면 얘기해."

그렇게 말한 매영이 신경질적으로 벌레들을 쫓더니 아무렇게나 누워버렸다. 그 모습을 물끄러미 바라보던 몽 역시 한쪽에 웅크리고 누웠다.

날이 밝자 살수들이 하나둘 잠에서 깨어났다.

벌레들 때문에, 그리고 살수의 생활 습관이 몸에 밴 탓에 중간중간 잠에서 깼지만 크게 피곤한 기색은 보이지 않았다. 그들에게 이런 상황은 너무나 익숙하고 자연스러운 것이기 때문이다.

매영은 진작 일어나 운기 중이었다.

뒤늦게 몸을 일으킨 몽은 매영을 슬쩍 한 번 쳐다본 뒤 마찬가지로 운기에 들었다.

운기를 하고 있었으나 어딘지 모르게 둘 사이에 묘한 기류가 흐르는 것 같아 다른 살수들은 숨을 죽인 채 얼른 임무가 주어지길 기다리고 있었다.

먼저 운기를 끝낸 사람은 역시나 매영이었다. 운기를 마친 후 눈을 뜬 그녀는 운기 중인 몽을 잠시 쳐다보더니 살수들에게 말했다.

"우선 어제 한 것처럼 음귀곡을 감시하는 일부터. 다들 흩어져."

그녀의 말에 살수들은 이 자리를 벗어날 수 있다는 사실에 감사함을 느끼며 서둘러 각자 맡은 자리 쪽으로 사라졌다.

모두가 사라지자 매영은 가만히 서서 몽의 운기가 끝나기를 기다렸다.

그리고 얼마 후 운기를 마친 몽이 눈을 뜨자마자 매영이 말했다.

"얘기 좀 해."

"하시오."

"그래서 정말 목숨을 걸겠다는 거야?"

"어차피 이번 일 자체가 목숨을 걸어야 하는 일이오. 새삼스럽게."

몽의 덤덤한 말에 매영은 다시 한 번 짜증이 솟구쳤다.

"목숨을 걸어야 해도 죽지 않을 방법을 찾아야 하는 게 맞는 거 아냐?"

"목숨을 걸지 않아도 되는 방법을 생각해 봤는데 없지 않소? 우리에게는 시간이 많지 않고."

"하, 정말이지, 너!"

"도대체 난 왜 이 주제가 논쟁거리가 되어야 하는지 모르겠소."

몽의 말에 매영이 입술을 깨물었다. 그러고는 겨우 입을 열었다.

"그 아이가 치료를 받아 정신을 차렸을 때 네 죽음에 대한 이야기를 듣는다고 생각해 봐. 심정이 어떻겠어?"

"곡주라면 슬퍼도 크게 내색하지 않을 것이오. 그런 사람이니까. 대신 평생 가슴에 묻고 살아가겠지."

"슬퍼할 일을 만들지 말아야지! 내 동생 가슴 아프게 하지 말라고!"

"동생 가슴 아프게 만든 건 당신이 먼저 아니오?"

"뭐?"

몽의 말에 매영이 발끈하며 물었다. 하지만 몽은 굴하지 않고 말을 이었다.

"어릴 때 헤어졌다고 해도 언니의 존재까지 잊어버렸겠소? 아닐 것이오. 보고 싶었겠지. 그런데 찾지도 않았고 연락도 한 번 하지 않았소. 죽었는지 살았는지 몰랐겠지. 그게 얼마나 상처였겠소? 오죽하면 주변 사람들에게 혈육에 대해 그 어떤 말도 하지 않았을까."

몽의 말에 매영은 아무런 말도 하지 않았다. 그의 말처럼 서시를 슬프게 한 사람은 자신이었다.

"되지도 않는 이유로 반대할 것 같으면 그냥 돌아가시오."

그렇게 말한 몽이 몸을 일으켰다. 그러고는 음귀곡이 있는 쪽으로 발걸음을 옮겼다.

"나도 슬플 거 같아서 그런다!"

우뚝.

매영의 외침에 몽이 발걸음을 멈추었다. 그러고는 천천히 몸을 돌려 그녀를 바라보았다. 하지만 여전히 몽의 표정은 아까와 똑같았다.

"살수도 아니군. 감정을 개입시키다니. 살수에게 감정은 사치요. 게다가 당신과 내가 그런 감정을 주고받을 정도로 오랜 시간을 함께해 온 사이도 아니지 않소?"

"그래, 나도 모르겠다. 근데 자꾸 신경 쓰이는 걸 나보고 어쩌라고."

그렇게 말하는 매영을 잠시 쳐다보던 몽이 다시 몸을 돌리며 말했다.

"그 감정, 커지기 전에 접으시오. 그러면 되오."

그렇게 말한 몽이 성큼성큼 음귀곡이 있는 쪽으로 발걸음을 옮겼다. 뒤에서는 매영이 그런 몽을 향해 복잡한 심경을 담은 눈빛을 보내고 있었다.


음귀곡에 가까이 다가간 몽은 무심한 눈빛으로 협곡 아래를 내려다보고 있었다.

아무리 생각해 봐도 이 협곡을 드나들기란 쉬운 일이 아니었다. 아무리 실혼인들이 겁이 없고 무위가 뛰어나다 하나 단번에 뛰어오를 수 있는 높이가 아니었다.

'역시 방법은 하나. 직접 눈으로 보는 수밖에.'

그렇게 말한 몽이 주변을 한차례 살피고는 협곡 아래쪽으로 슬쩍 살기를 흘렸다. 많은 양도 아니었다. 겨우 느낄 수 있는 정도면 충분했다.

"크아아악!"

역시나 음귀곡 쪽에서 괴성이 들려오기 시작했고, 분주한 움직임이 느껴졌다.

'어서 와라.'

몽은 도망칠 준비를 마친 상태였다. 아니, 정확히 말하면 도망치는 것이 아닌, 실혼인을 최대한 멀리 유인하려는 것이었다.

실혼인이 몇이나 달려 나올지는 알 수 없었으나 한둘이라도 음귀곡 내에서 빼낼 수 있다면 그만큼 나머지 살수들이 잠입해 음귀곡주를 납치하기가 수월해질 것이기 때문이다.

몽의 시선은 음귀곡에 고정되어 있었다. 하지만 아무리 쳐다봐도 음귀곡에서 나오는 실혼인을 발견할 수가 없었다.

'뭐지? 왜냐? 왜 나오지 않는 것이냐?'

실혼인들이 움직이지 않는 것에 의아함을 느끼고 있을 때, 갑자기 앞쪽에서 거대한 기운이 느껴졌고, 몽은 재빨리 몸을 뒤로 빼내었다.

팟!

"크아아악!"

실혼인 한 명이 눈앞의 공간을 찢으며 나타났다. 조금만 더 늦었다면 눈앞에서 손도 쓰지 못하고 죽었을 것이다.

'진법!'

그제야 몽은 음귀곡은 협곡 아래에 있는 것이 아니라 진법으로 둘러싸여 있다는 것을 알아차렸다. 그렇다면 이렇게 해서 실혼인들을 밖으로 끌어내 봤자 아무런 소용이 없다 할 수 있었다.

상황이 이렇게 되자 숨어 있던 살수들이 분주하게 움직였다.

음귀곡 안으로 접근하는 것이 쉽지 않다는 것이 밝혀진 지금 일단 몽을 구하는 것이 최우선이었다. 그리고 역시나 가장 빨리 움직인 사람은 매영이었다.

따당!

매영이 빠르게 접근하며 표창을 집어 던졌다. 날아간 표창은 실혼인에게 아무런 흠집도 내지 못하고 튕겨 나갔다. 하지만 적어도 실혼인의 관심을 끄는 데에는 성공했다.

몽을 쫓던 실혼인이 매영 쪽으로 방향을 틀었다. 그러자 매영도 빠르게 달아났다.

"쓸데없는 짓을!"

매영을 쫓는 실혼인을 보며 몽이 소리쳤다. 그러고는 이를 악물고 실혼인의 뒤를 따랐다.

살수들은 은밀하게 실혼인을 쫓으며 빈틈을 찾으려 했다. 하지만 워낙 몸이 단단한 터라 어지간한 공격으로는 흠집도

낼 수가 없었다.

살수 몇 명이 달려들어 약할 것으로 생각되는 부분에 단검을 찔러 넣었지만 되려 실혼인의 화만 돋운 채 무위에 그쳤다.

매영은 여전히 실혼인을 피해 달아나고 있었다. 그나마 다행스러운 점이라면 실혼인과 그녀의 거리가 좁혀지지 않고 있다는 점이다.

그리고 그 뒤를 몽이 빠르게 쫓고 있었다.

뒤쪽에서 몇 차례 공격을 해봤지만 실혼인은 매영에게 집중한 채 관심을 돌리지 않았다.

'하, 손이 많이 가는 여자로군.'

몽은 속으로 짜증을 내었다. 하지만 그런다고 상황이 달라지겠는가. 지금은 어떻게 해서든 실혼인의 관심을 돌려 그녀를 구해야만 했다.

그때, 매영의 전음이 들렸다.

[야, 이 멍청아!]

[뭐?]

[지금 나 쫓아올 때야? 음귀곡을 둘러싼 진법이 뭔지 파악해야 할 거 아냐!]

[죽을 상황에서 그런 소리가 나오시오?]

[누가 죽는데? 날 너무 무시하는데, 잡히지 않고 도망만 치면 이틀도 끄떡없으니 얼른 진법부터 살펴!]

매영의 전음에 몽은 잠시 망설였다. 그녀의 말처럼 진법을 살펴야 하는 것인지 아니면 그녀를 구하는 게 우선인지 순간적으로 판단이 서질 않았다.

[빨리! 걸리적거리지 말고!]

매영의 전음이 이어졌다. 그에 뒤를 쫓던 몽이 발걸음을 멈추고는 다시금 진법이 있는 쪽으로 신형을 날렸다.

몽의 기척이 멀어지는 것을 느낀 매영이 입가에 미소를 지었다. 그러고는 뒤쪽에서 쫓아오는 실혼인을 향해 소리쳤다.

"죽어라 따라와 봐! 내가 잡히나!"

그렇게 외치며 매영은 달리는 속도를 더욱 높였다.

'도대체 무슨 진법이냐?'

처음 실혼인이 튀어나온 진법 앞에 도착한 몽은 매서운 눈빛으로 주변을 살폈다. 우선 협곡 아래 음귀곡이 있는 것처럼 보이게 한 것을 보면 환영진에 기반을 둔 것 같았다.

하지만 그 밖에 또 어떤 진법이 섞여 있는지 알 수 없기에 선불리 안쪽으로 접근하기가 어려웠다.

'그래도 명색이 살수인데.'

몽이 속으로 중얼거렸다. 살수들에게 진법은 떼려고 해야
뗄 수 없는 존재. 청부에 성공할 확률을 높이기 위해서는 간
단한 진법부터 상대적으로 복잡한 진법까지 통달해야 했다.

물론 지금 음귀곡을 둘러싸고 있는 진법은 몽이 알고 있는
수준의 진법보다 몇 단계 위에 있는 진법이었다. 그렇기에 파
악하고 안쪽으로 잠입하는 데 시간이 걸릴 수밖에 없었다.

'서둘러야 한다.'

매영이 잡히기 전에 진법 안으로 들어갈 방법을 찾아야만
했다. 아니, 들어가는 방법을 찾고 음귀곡주를 사로잡아 와야
만 했다.

진법을 파악하고 안으로 들어갈 수 있는 방법을 찾는다 해
도 다른 살수들까지 들어가기에는 위험할 수 있었다. 그렇다
면 결국 안으로 들어가는 건 혼자 할 수밖에 없다는 뜻.

'후, 쉽지 않겠어. 자칫 여기서 다 죽겠구나.'

속으로 그렇게 중얼거리면서도 몽은 날카로운 눈빛으로 진
법을 살폈다.


매영은 호흡을 고르고 있었다.

지금은 실혼인이 자신을 따라오지 않고 있는 상황. 다른 살

수들이 번갈아가며 실혼인의 주의를 끌고 대신 미끼가 되어주고 있었다.

하지만 매영과 비교해 상대적으로 실력이 떨어지는 살수들이 실혼인의 추격을 오랜 시간 버텨내기에는 무리가 있었다. 이렇게 동료들이 시간을 벌어주었을 때 체력과 기력을 회복해 스스로 미끼가 되는 것이 가장 좋은 방법이었다.

운기를 하기에는 시간이 너무 촉박했다.

대신 큰 나무 같은 데에 몸을 기대어 호흡을 고르고 잠시 쉬는 것 정도가 지금 할 수 있는 것이었다.

파파파팍!

그런 그녀를 향해 빠르게 달려오는 소리가 들렸다.

실혼인이 맹렬한 기세로 달려오고 있었고, 그 앞으로 봉황곡 살수 한 명이 딱딱하게 굳은 표정으로 달리고 있었다.

'조금만 더 늦게 오지!'

속으로 원망 아닌 원망을 한 매영은 다른 방향으로 뛰며 실혼인에게 표창 몇 개를 던졌다.

슈슈슉!

따다당!

마치 돌을 때리는 것 같은 소리가 들렸다. 그러자 실혼인이 매영을 향해 시선을 돌렸다.

하지만 슬쩍 매영에게 시선을 던진 실혼인은 그녀에게 달려들지 않고 속도를 줄인 봉황곡 살수에게 다시금 달려들었다.

지금까지와 다른 실혼인의 행동에 당황한 것은 매영과 봉황곡 살수 둘 다였다.

매영이 실혼인의 주의를 끌기 위해 표창을 던지는 걸 보고 멈춘 것이 화근이었다. 그 때문에 실혼인의 예상 밖의 행동에 제대로 대응할 수가 없었다.

"끄아아아악!"

미처 피하지 못하고 실혼인의 손아귀에 잡힌 살수는 그대로 사지가 찢기며 비명과 함께 생을 마감했다.

그것을 눈앞에서 본 매영은 순간 공포가 몰려왔지만 그와 동시에 동생의 얼굴이 떠올랐다.

지금 이대로 죽을 수는 없다는 생각이 떠오름과 동시에 움직이지 않을 것 같던 다리가 움직이기 시작했다.

팍!

매영이 땅을 박차며 빠르게 쏘아져 나갔다. 살수답게 그 속도가 상당했다.

하지만 실혼인의 반응 속도도 만만치 않았다.

봉황곡 살수를 죽인 실혼인은 매영이 움직임과 동시에 빠르게 움직여 따라붙었다.

'빨리! 서둘러!'

닿지 않겠지만 매영은 몽을 향해 간절한 바람을 전했다.

몽은 여전히 진법 앞에서 씨름 중이었다.

주변을 둘러보며 진법을 뚫기 위해 고심했지만 방법을 찾을 수가 없었다.

환영진이 섞였다는 것은 알겠지만 그 이상을 알아내는 데는 한계가 있었다.

결국 몽은 또 다른 결심을 했다.

이미 고생하고 있는 동료들을 힘들게 하는 방법이지만 그것이 아니면 답이 없었다.

몽은 진법 안쪽을 향해 살기를 쏘아 보냈다.

아까와 달리 좀 더 농도 짙은 살기를 쏘아 보낸 몽은 가만히 안쪽의 반응을 기다렸다.

'온다.'

진법 안쪽에서 실혼인의 기운이 강하게 다가오는 것을 느낀 몽은 재빨리 자리에서 벗어나 기운을 감췄다.

그리고 곧 또다시 공간을 찢으며 실혼인이 나타났다. 이번에는 한 명이 아니라 두 명이었다.

두 번째 실혼인이 진법을 완전히 나오는 그 순간.

그리고 찢어진 공간이 닫히기 직전의 그 순간.

눈을 빛낸 몽이 빠르게 움직였다.

"크륵!"

실혼인이 괴성과 함께 뒤를 돌아보았으나 몽은 이미 진법 안으로 스며든 직후였다.

이미 닫혀 버린 진법.

실혼인들은 진법에서 시선을 돌리고는 곳곳에서 느껴지는 기운을 따라 빠르게 움직이기 시작했다.


진법 안으로 스며든 몽은 상당히 고생하고 있었다.

환영진에 기반을 둔 것이고 여러 가지 진법이 섞여 만들어진 것이기에 진법 안에서 헤맬 수밖에 없었다.

게다가 환영이라고는 하지만 너무나 진짜 같은 공격들이 계속된 탓에 들어온 직후부터 진땀을 빼고 있었다.

하나 몽 역시 살수계에서는 제법 상위권에 자리하고 있는 살수였고, 나름 진법에도 통달해 있었기에 어렵게나마 진법을 뚫고 나아가고 있었다.

"아!"

한참을 고생해 진법을 뚫고 나와 처음으로 본 광경은 너무나 놀라웠다.

음귀곡주를 제외하고 문도 중 산 사람은 없다 하나 이렇게나 작은 규모일 줄은 생각지 못했다.

허름하지는 않으나 그렇게 크지 않은 건물 두어 채와 거대한 건물 하나가 서 있었고 그나마도 제대로 관리하지 않아 곳곳에 금이 가 있었다.

'이건 뭐 은폐, 엄폐도 어렵겠군.'

빠르게 주변을 훑은 몽이 속으로 중얼거렸다. 그나마 다행이라면 안쪽은 그리 밝지 않다는 점이다.

팟!

몽이 가볍게 신형을 띄웠다.

그러고는 크지 않은 건물의 지붕 위로 올라가 몸을 바짝 웅크렸다.

기운을 감춘 채 건물들을 살피던 몽의 시선이 계속해서 가장 큰 건물 쪽으로 쏠렸다.

'저곳인가?'

음귀곡주가 있을 것으로 생각되는 건물은 이 중 가장 큰 건물이다.

보통 대저택이든 큰 문파든 가장 중앙에 있거나 가장 큰 건물에 그곳의 주인이 사는 법.

몽은 지체하지 않고 신형을 날렸다.


건물 안으로 들어간 몽은 무언가 잘못되었다는 것을 느꼈다.

건물 안에 발을 들이는 순간 무언가 장치가 가동되는 소리가 들리는 것 같더니 이내 수많은 암기가 쇄도하기 시작한 것이다.

"기관진식이라니!"

미처 거기까지는 생각하지 못한 탓에 몽은 황급히 몸을 피했다.

가공할 속도와 위력으로 날아든 암기들이 몽이 있던 자리를 지나 반대편 벽에 깊숙이 박혔다.

만약 피하지 못했다면 몸에 박히는 것도 모자라 뚫고 지나갔을지도 모를 위력이다.

'상당하군.'

속으로 그렇게 중얼거린 몽은 바짝 긴장하기 시작했다.

처마에 앉은 몽은 날카롭게 빛나는 눈으로 건물 안 곳곳을 살피기 시작했다.

'기관진식도 문제지만 언제 실혼인들이 나타날지 모른다.'

매영의 말대로라면 아직 수많은 실혼인이 음귀곡 안에 있을 터. 조금만 방심해도 그들에게 발각되어 큰 위험에 빠질 수도 있었다.

'빠르게 오르는 것이 능사가 아니다. 조금 늦더라도 안전하게. 그것이 중요하다.'

실혼인 둘이 더 나간 바깥 상황을 생각하면 서둘러야겠지만 그러자니 위험 부담이 너무 컸다.

다른 이들도 함께 들어왔다면 모르겠지만 혼자 들어온 상황에서는 어떻게든 목적을 이뤄내야만 했다.

몽의 이마에서 굵은 땀 한 방울이 흘러내렸다.

팍!

몽은 가볍게 바닥을 박차고 신형을 날렸다. 그러자 기다렸다는 듯 암기들이 쏟아져 나오기 시작했다.

슈슈슈슈슈슉!

파라라라라락!

몽이 가볍게 신형을 회전시켰다. 그리고 그의 몸에서 암기들이 쏘아져 나갔다.

따다다당!

날아오는 가느다란 암기를 맞추는 신기에 가까운 암기술.

하지만 그가 날린 암기의 숫자는 많지 않았고 맞추지 못한 암기도 있었다.

그러나 그 정도로도 충분했다.

얼굴과 심장 등 치명상을 입을 수 있는 곳으로 날아드는 암기들은 쳐낸 상태.

틈을 만들어낸 몽은 어느새 단도를 꺼내 휘둘렀다.

까강!

몇 개의 암기를 쳐낸 몽이 계단 앞에 사뿐히 내려앉았다.

암기 때문에 옷 몇 곳이 찢어졌으나 큰 상처를 입은 곳은 없었다.

바닥에 내려앉음과 동시에 몽은 빠른 속도로 계단을 올랐다.

계단을 오르는 동안에도 곳곳에서 암기와 함정이 발동해 몽을 괴롭혔으나 최상의 집중력을 유지하고 있는 몽은 참착하게 그것들을 피해내고 막아내었다.

그렇게 한 층을 올랐을 때, 몽의 몰골은 말이 아니었다.

너무 많이 찢어져 겨우 제 역할을 하고 있는 옷과 곳곳에 난 상처에서 흐르는 피, 그리고 질끈 묶고 있던 머리끈이 끊어져 산발이 되어 있는 상태였다.

조금 지치기는 했으나 그럼에도 몽의 눈빛은 조금도 사그라지지 않은 상태였다.

'겨우 한 층 올랐을 뿐인데.'

몽이 위를 쳐다보았다. 아직도 세 개 층은 더 올라야 꼭대기였다.

"크아아앙!"

그때 위쪽에서 괴성이 메아리치듯 들려왔다. 제법 많은 실혼인이 있는 듯했으나 아직까지 아래로 내려오는 실혼인은 없었다.

'가자.'

몽은 위쪽으로 신형을 날렸다.

이미 한 층을 올라오며 조금 적응되었기 때문일까.

한 층 더 올라오는 데 걸린 시간도 줄어들었으며 상대적으로 어렵지 않게 오를 수 있었다.

다음 층에 도착한 몽은 자신이 건물을 잘못 찾았다는 것을 깨달았다.

눈앞에 펼쳐진 것은 시체나 다름없는 사람들이 갇혀 있는 옥사였다.

몽은 천천히 발걸음을 옮겼다.

분명 그의 기척이 느껴질 텐데도 옥사에 갇힌 사람들은 아무런 반응도 보이지 않았다.

그만큼 기력이 없기 때문이기도 했지만 초점이 흐린 것이 정신 상태도 좋지 않은 듯했다.

'실혼인을 만들기 위한 재료인가?'

몽은 분노를 느꼈다. 실혼인을 만들기 위해 이들을 속여서 데려오고 납치했을 것이 아닌가?

'살려둬서는 안 되겠구나. 곡주를 치료하고 나면 바로 목을 따버릴 테다.'

으스러지도록 주먹을 쥐며 속으로 생각한 몽은 몸을 돌렸다. 지금 이들을 풀어준다 한들 도망치지도 못할 터.

안타깝지만 음귀곡주를 붙잡아 더 이상의 희생자를 만들지 않는 것이 우선이었다.

쿵! 쿵쿵!

몽이 몸을 돌리자 위쪽에 있던 실혼인들이 뛰어내렸다. 그리고 아래쪽에서도 실혼인들이 올라오기 시작했다.

"하……"

몽이 깊은 한숨을 쉬었다. 최악의 상황에 놓이게 된 것이다.

그렇다고 무기력하게 잡힐 수도 없는 노릇.

몽은 최대한 자신의 장기를 발휘해 이 자리를 벗어나고자 했다.

그리 밝지도, 그리 어둡지도 않은 건물 안.

몽은 주변을 살피고는 빠르게 접근하는 실혼인들을 피해 어둠 속으로 녹아들었다.

절묘한 순간에 이뤄진 움직임.

그에 달려들며 공격을 한 실혼인들은 허공을 칠 수밖에 없었다.

그에 그치지 않고 양쪽에서 공격해 온 실혼인들은 서로를 향해 공격을 뿌린 꼴이 되었다.

콰쾅!

서로가 펼친 공격에 맞은 실혼인들이 그대로 부서져 나갔다.

'너무 쉽게 쓰러지는군.'

아무리 실혼인들의 무위가 상당하다 해도 서로의 공격을 맞은 것치고는 너무 쉽게 쓰러지는 것 같았다.

'밖으로 보내지 않은 이유가 있었어.'

몽은 이곳에 있는 실혼인들은 미완이거나 불량일 것이라는 판단을 내렸다. 그렇다면 이곳을 빠져나가는 것이 훨씬 수월할 수 있었다.

'위력은 있으나 빠르지 않고 몸이 약하다. 역이용해야겠어.'

그렇게 중얼거린 몽은 실혼인들 사이로 파고들었다.

그러고는 공격을 하는 대신 그들의 시선을 끌고 공격을 하도록 만들었다.

"크아악!"

괴성과 함께 실혼인들이 연이어 공격을 펼치기 시작했다.

속도에 우위를 지닌 몽은 그들의 공격을 피해 신형을 날렸다.

콰쾅!

역시나 실혼인을 향해 들어가는 공격.

아군의 공격에 맞은 실혼인들이 속절없이 무너지기 시작했다.

몽은 계속해서 그들이 서로 공격하도록 유도했다.

피하는 데에만 집중하다 보니 내력 소모도 적었다. 한 가지 단점이 있다면 고도의 집중력을 요하다 보니 정신력과 체력 소모가 상당했다.

'얼마 남지 않았다.'

남아 있는 실혼인의 숫자는 대략 여덟 명 정도.

결국 마지막 한둘 정도는 본인의 손으로 처리해야 하는 상황이 오긴 하겠지만 그전까지는 계속해서 이 방법을 사용할 생각이다.

그렇게 구슬땀을 흘리며 위기에서 벗어나려는 찰나, 몽에게는 좋지 않은 상황이 추가되었다.

아래층에서 실혼인들이 더 몰려오기 시작한 것이다.

'젠장.'

느껴지는 기운만으로도 지금 이곳에서 마주한 실혼인들보다 더 강하다는 것을 알 수 있었다.

'우선 빠져나간다.'

그렇게 중얼거린 몽은 계단 아래로 뛰어내렸다.

올라오던 실혼인들은 몽이 아래로 뛰어내리자 다시 아래로 내려오려다가 자신들끼리 뒤엉키고 말았다.

잠시 혼란스러워진 틈을 타 몽은 빠르게 건물 입구 쪽으로 달렸다.

이번에도 역시 각종 암기와 함정이 날아들었으나 실혼인들 틈바구니에서 공격을 피하던 것에 비하면 훨씬 수월했다.

날랜 움직임으로 암기와 함정을 피한 몽은 눈앞에 있는 문을 열고 밖으로 나갔다.

"하……!"

몽은 다시 한 번 한숨을 쉬었다.

문밖에는 한 무더기의 실혼인들이 그를 기다리고 있었다.

문을 열고 나오는 자신을 향해 살기를 뿌리고 있는 실혼인들을 보니 이곳이 바로 생을 마감할 장소로구나 하는 생각이 들었다.

'일찍 죽지는 않을 거다.'

그렇게 말한 몽은 재빨리 신형을 날렸다.

10장
계략(計略)

風神 徐間

풍신서윤

서윤은 어색한 표정을 지은 채 눈앞에 서 있는 스무 명의 무인을 바라보았다.

대부분이 서윤보다 나이가 많았다. 최소 한두 살부터 많게는 열 살까지. 그런 이들의 무공을 봐줄 생각을 하니 벌써부터 어떻게 해야 할지 알 수가 없었다.

하지만 모여 있는 이들은 눈을 반짝이며 서윤을 바라보고 있었다.

이미 서윤에 대한 소문은 광서성을 넘어 중원 전체로 퍼져 나가고 있었다. 이들이라고 그것을 듣지 못했을 리가 없었다.

소문으로 들은 서윤은 그들이 원하는 완벽한 이상에 가까웠다. 젊은 나이에 상당한 무위를 지니고 있으면서도 자신을 드러내지 않는다.

그리고 그런 자가 지금 눈앞에 있다.

게다가 그에게 가르침을 받을 수 있다 하니 얼마나 영광스러운 자리인가.

무인들의 눈빛에서 그러한 것을 고스란히 느낄 수 있었다.

잠시 동안 무슨 말을 어떻게 해야 할지 난감해하던 서윤이 드디어 입을 열었다.

"반갑습니다. 서윤입니다. 권왕이신 할아버지께 무공을 사사했고… 그럴 능력이 되는지는 모르겠습니다만 여러분의 무공을 봐달라는 맹주님의 부탁을 받고 이 자리에 섰습니다."

'좋아, 침착하게 잘했어.'

어렵게 첫 마디를 건넨 서윤은 더듬지 않고 차분하게 하려던 말을 한 것에 스스로 대견해했다.

"제가 무공에 대해 어떤 이야기를 하기 전에 우선은 여러분의 실력을 먼저 확인해야 할 듯합니다. 그래서 생각한 것이 간단한 대련입니다."

서윤의 말에 모인 무인들이 웅성거리기 시작했다.

무공을 봐준다는 말을 처음 들었을 때에는 익힌 무공을 시연하고 자세를 봐준다거나 하는 것을 생각했다.

한데 대련이라니.

의아해하는 무인들을 향해 서윤이 부연 설명을 했다.

"대련을 하게 되면 머리로 생각하고 무공을 펼칠 겨를이 없습니다. 그간 수련해 온 대로 몸이 저절로 반응하게 되죠. 그럼 자신도 모르고 있던 습관들이 고스란히 드러나게 됩니다. 그런 것들을 보고자 대련을 하자고 한 거고요."

서윤의 말에 무인들이 알겠다는 듯 고개를 끄덕였다.

"자, 그럼 서 있는 순서대로 대련을 하겠습니다. 좌측 제일 첫 번째 행부터. 다시 한 번 말씀드리지만 비무가 아닌 대련입니다. 대련은 제가 멈추라고 할 때까지 계속합니다. 짧게 끝날 수도 있고 오랜 시간 할 수도 있으니 참고하십시오."

서윤의 말에 무인들이 각자 자신들의 상대를 확인하고는 흩어져 공간을 만들었다.

서윤 역시 대련이 잘 보이는 곳으로 자리를 옮겨 팔짱을 끼고 섰다. 그러자 첫 번째로 지목된 두 사람이 앞으로 나왔다.

첫 번째 대결은 검과 도의 대련이었다.

"시작하십시오."

서윤의 말에 두 사람이 대련을 시작했다. 수준이 그렇게 높지는 않았으나 생각보다 수련을 열심히 한 듯 본인의 실력 안에서 효율적으로 대련을 하고 있다.

대련을 지켜보는 서윤의 눈은 날카롭게 빛나고 있었다.

처음 무인들과 대면했을 때에는 어색하고 어수룩한 모습을 보였으나 지금은 전혀 그런 모습이 아니었다.

서윤의 확 바뀐 분위기에 앞으로 대련을 해야 하는 무인들의 긴장감은 조금씩 커져 가고 있었다.

"그만 하면 됐습니다."

그렇게 잠시 동안 대련을 지켜보던 서윤이 손을 들며 두 사람을 멈춰 세웠다.

그러자 각자 검과 도를 거둔 두 사람이 땀을 흘리며 서윤을 바라보고 섰다.

"두 분 다 수련을 열심히 하신 것 같습니다."

첫 마디에 칭찬부터 나오자 두 사람은 다행이라는 듯 표정이 조금 밝아졌다.

"하지만 안 좋은 습관들이 있습니다. 가령……."

그렇게 말한 서윤이 두 사람에게 다가갔다. 그러고는 우선 검사로부터 검을 받아 들었다.

"검법을 익혀본 적이 없어 조금 어설플 수 있습니다. 감안하고 봐주십시오."

그렇게 말한 서윤이 조금 전 검사가 펼친 동작 몇 가지를 눈앞에서 시연해 보였다.

검법을 익혀본 적이 없음에도 서윤은 제법 그럴싸하게 검을 휘둘렀다. 설시연과의 대련을 통해 검법에 익숙해진 것이 이럴 때에 도움이 되고 있었다.

하지만 이는 무인들에게 또 다른 환상을 심어주고 있었다.

권법을 익힌 자가, 검법을 익혀본 적이 없는 자가 능수능란하게 검을 휘두르는 모습을 보니 역시 절대고수는 다르구나 하는 생각을 하게 된 것이다.

"무엇을 느끼셨습니까?"

"예?"

서윤의 물음에 넋을 놓고 보고 있던 검사가 당황해했다.

"다시 한 번 해보겠습니다. 이번에는 잘 보십시오."

서윤의 말에 고개를 끄덕인 검사는 서윤의 동작을 놓치지 않으려는 듯 두 눈을 부릅뜨고 지켜보았다.

서윤이 다시 한 번 검법을 펼쳤다.

그것을 본 검사의 표정이 시시각각 변했다. 자신이 익힌 검법이었으나 서윤이 펼친 것은 전혀 다르게 느껴졌기 때문이다.

"뭔가 다른 점을 느낄 수 있으시겠습니까?"

"그렇습니다. 하지만 구체적으로 뭐가 다른 건지는……."

검사의 말에 서윤이 미소를 지으며 그에게 검을 돌려주었다.

"차이는 내력의 차이도, 실력의 차이도 아닙니다. 검법에 있어서만큼은 저보다 훨씬 뛰어난 실력을 가지고 계실 테니까요. 차이를 만들어낸 것은 딱 하나입니다. 힘의 분배."

서윤의 말에 검사가 잘 모르겠다는 듯 고개를 한차례 갸웃거렸다.

"초식을 펼칠 때 처음부터 끝까지 동일한 힘으로 펼쳐서는 안 됩니다. 초식을 펼칠 때에도 적절히 힘을 분배해야 합니다. 더 강한 힘을 주어야 할 때에는 주고 힘을 빼도 될 때에는 빼고, 강약 조절이 있어야 합니다. 그래야 같은 초식이라도 그 위력이 다르게 느껴지기도 하고 스스로가 쉽게 지치지 않게 됩니다. 힘의 분배가 제대로 이뤄지면 또 한 가지, 속도에도 변화를 줄 수 있게 됩니다."

서윤의 말에 방금 대련을 한 검사뿐만 아니라 그 자리에 모인 모두가 귀를 기울였다.

"속도에 변화를 줄 수 있다면 같은 초식도 다른 초식처럼 보일 수 있게 됩니다. 그렇게 되면 적과 싸움에 있어서 싸움의 흐름을 나의 것으로 가져올 가능성이 높아지고, 흐름을 내 것으로 가지고 올 수 있다면 이길 수 있는 가능성도 높아지는 겁니다."

서윤의 말에 무인들이 고개를 끄덕였다.

이 중에 서윤의 말을 단박에 알아들은 사람도 있고 그렇지 않은 사람도 있겠지만 모두가 그 말을 듣고 기억하려 했다.

"도 역시 마찬가지입니다. 두 분 모두 힘의 분배를 하려는 노력이 우선되어야 할 것 같습니다."

"감사합니다!"

대련을 한 두 사람 모두 큰 소리로 인사했다.

그 이후로도 대련은 계속되었고, 서윤은 대련이 한 번 끝날 때마다 자신이 아는 것, 그리고 느낀 것을 성심성의껏 전달했다.

그러다 보니 오전에 시작한 일과가 오후가 되도록 이어졌다.

다들 식사도 거른 채 서윤과의 시간에 집중했고, 서윤 역시 그들의 기대에 부응하기 위해 노력했다.

수련은 신시(申時) 말이 다 되어서야 끝이 났다.

무인들은 오늘 이 자리에 오길 잘했다는 표정을 지었다.

사실 이들은 뽑힌 것이 아니라 가르침을 받길 원해 자진해서 모인 사람들이었다.

이런 시간이 있을 것이라는 공고가 무림맹 내에 붙었고, 원하지 않는 사람들은 참석하지 않은 것이다.

이곳에 온 사람들은 오지 않은 다른 동료들을 떠올리며 회심의 미소를 지었다.

아무리 좋았다고 말해도 믿지 않을 것이 분명했다.

직접 겪어봐야 얼마나 좋은지 알 수 있을 테니. 하지만 결국 나중에 가서 후회하는 것은 그들이 될 터. 벌써부터 왠지 이긴 것 같은 기분이 들었다.

서윤 역시 기뻤다.

배우려는 자세가 워낙 진지해 본인 스스로도 생각한 것보다 더 집중해 많은 이야기를 했다.

그 덕에 서윤도 그간 잊고 있던 것들을 되새겨 보는 시간이 되었으며 앞으로 더욱 발전하는 데 훌륭한 밑거름이 될 것이라는 예감이 들었다.

그들과 기쁜 마음으로 헤어져 숙소로 돌아오는데 설시연이 마중을 나와 있었다.

미소로 서윤을 맞이한 설시연이 곁에 붙어 걸으며 물었다.

"어땠어요? 긴장을 많이 하는 것 같더니."

"처음에는 긴장되더니 나중에는 너무 진지해지고 열성적이었죠. 덕분에 저한테도 도움이 많이 됐어요."

"다행이네요."

설시연의 말에 서윤이 미소와 함께 고개를 끄덕였다.

"몇몇은 조금 더 수련을 시켜서 의협대로 데려오고 싶은 마음도 들더군요."

"그 정도였어요?"

"네. 그런데 다들 소속이 있을 테니 그건 어렵겠죠."

"아쉽네요. 그래도 혹시 모르니 나중에 맹주님께 한번 건의드려봐요."

"그럴까요."

그런 대화를 나누며 두 사람은 다정하게 숙소로 발걸음을 옮겼다.

*         *         *

음귀곡 내에서 몽은 고군분투하고 있었다.

실혼인들의 파상공세에 지칠 대로 지친 그였다. 그나마 다행스러운 점은 실혼인들이 자신을 죽이려 하지 않고 사로잡으려 한다는 점이었다.

'잡히면 실혼인이 되겠지.'

몽은 죽으면 죽었지 실혼인이 될 생각은 추호도 없었다.

그 때문에 파김치가 된 지금 상황에서도 죽을힘을 다해 실혼인들의 손아귀를 피해 도망 다니고 있었다.

그러면서도 중간중간 시선은 음귀곡주가 있을 것으로 생각되는 건물들을 살폈다.

몇 안 되는 건물임에도 워낙 실혼인들의 공격이 거세 제대로 살필 수가 없어 시간이 오래 걸렸다.

그렇게 한참을 살핀 몽은 눈에 띄는 건물 하나를 정했다.

'저기가 아니면 난 그냥 죽는다.'

단 한 번의 선택. 다른 건물을 수색할 기력도 없었다. 목표로 정한 건물 안에 음귀곡주가 없다면 진이 빠져 움직일 수가 없을 것 같았다.

그렇게 되면 실혼인의 손에 잡히는 것은 시간문제일 것이고, 그렇게 되면 본인도 실혼인이 될 것이다.

몽은 품에서 독단(毒團)을 꺼내 혓바닥 밑에 넣었다. 살수들이 자살할 때 사용하는 독단이다.

준비를 마친 몽은 봐둔 건물 안으로 뛰어들어 갔다.

온몸으로 문을 부수고 들어간 몽은 멈칫할 수밖에 없었다. 안에 너무나 많은 방이 있었던 것이다.

'산 넘어 산이군.'

몽이 빠르게 방들을 훑었다. 그러다가 정면에 있는 방에 시선을 고정시켰다.

'감을 믿자.'

그렇게 중얼거린 몽은 뒤따라 들어오는 실혼인들의 손에 붙잡히지 않기 위해 재빨리 정면에 있는 방으로 쳐들어갔다.

쾅!

거칠게 문을 열고 안으로 들어간 몽은 눈앞에 펼쳐진 광경에 벌어진 입을 다물지 못했다.

퀴퀴한 냄새가 방 안을 가득 채우고 있고 곳곳에 시체들이 있었다.

몽은 단번에 이곳이 실혼인을 만드는 곳이라는 것을 알 수 있었다.

"먹잇감이 제 발로 찾아왔구나."

음산한 목소리와 함께 어둠 속에서 한 사람이 나타났다.

지금껏 한 번도 모습을 드러내지 않고 있던 이, 바로 음귀곡주였다.

몽의 눈이 빛났다.

그가 음귀곡주라는 확신이 들자마자 신형을 날렸다.

하지만 의외의 결과가 벌어졌다.

손쉽게 잡을 수 있을 것이라는 예상과 달리 음귀곡주가 몽 못지않은 움직임으로 그의 손을 피해낸 것이다.

"날 너무 우습게 봤어. 실혼인을 만든다고 해서 내가 무공을 모를 것이라 생각했나?"

음귀곡주의 말에 몽의 표정이 딱딱하게 굳었다.

당연히 무공을 모르거나 익혔어도 약할 것이라 생각했다. 그런데 이런 움직임이라니.

'매영도 몰랐던 건가?'

생각해 보니 매영으로부터도 음귀곡주에 대한 이야기는 자세히 듣지 못했다.

무공을 익혔는지의 여부, 생김새에 대한 것 등 아는 것이 아무것도 없었다.

순간 의심이 갔지만 몽은 고개를 저었다.

지금까지 해온 행동과 말 등을 생각해 보면 거짓이라는 생각은 할 수가 없었다.

어쨌든 지금 눈앞에 음귀곡주가 있고, 그를 제압하는 것이 우선이었다.

실혼인들은 어째서인지 이곳까지 들어오지 않고 있었다. 그렇다면 지금의 이 기회를 놓쳐서는 안 되었다.

기회를 엿보던 몽이 움직였다.

이곳은 공간이 넓지 않은 방 안. 움직임에 제약이 있다면 살수가 훨씬 유리할 수 있었다.

몽이 빠르게 접근했다.

하지만 음귀곡주는 마치 귀신을 연상시키는 움직임으로 몽의 손아귀를 빠져나갔다.

좁은 공간에서의 계속되는 추격전.

결코 그를 붙잡는 것이 쉽지가 않았다. 그럴수록 초조해지는 쪽은 몽이었다.

치열한 눈치 싸움의 연속이다.

실혼인을 만드는 곳인 만큼 여러 가지 도구가 많이 있었기에 그를 활용해 움직이는 음귀곡주를 잡기란 여간 어려운 것이 아니었다.

그때였다.

밖에서 소란이 이는 소리가 들렸다. 그리고 느껴지는 낯익은 기운.

'매영?'

몽은 그 기운이 매영의 것이라는 걸 알 수 있었다. 어떻게 안으로 들어왔는지는 모르겠지만 이곳은 말 그대로 죽을 자리였다.

매영의 기운을 느끼게 되자 몽은 초조해졌다.

그녀를 위기에서 구해낼 방법은 오직 눈앞의 음귀곡주를 잡아 실혼인들을 멈추게 만드는 것밖에는 없었다.

몽이 진기를 쥐어짰다.

더욱 빨라진 움직임으로 음귀곡주를 쫓았고, 음귀곡주는 여전히 그를 놀리기라도 하듯 쥐새끼처럼 빠져나갔다.

그러는 와중에도 밖의 소란은 점점 더 가까워지고 있었다. 매영이 무리해서 이쪽으로 다가오고 있는 듯했다.

방 안에서의 술래잡기가 계속되었고, 어느새 매영의 기운은 지척까지 다가와 있었다.

"몽!"

매영의 목소리. 그녀를 본 음귀곡주가 미소를 지었고, 순간 몽의 머릿속으로 좋지 않은 생각이 스쳐 갔다.

"헉!"

가슴 쪽에서 느껴지는 지독한 통증에 몽이 비명을 지르며 눈을 부릅떴다.

그의 시야에 들어온 음귀곡주의 모습.

하지만 그는 서 있던 자리에서 한 발자국도 움직이지 않고 있었다.

통증이 시작된 건 앞쪽이 아닌 뒤쪽부터였다.

어느새 매영은 몽에게 바짝 다가와 있었고, 그녀의 손에 들린 단검이 몽의 심장을 꿰뚫고 있었다.

"잘 가라고. 그 말 하려고 불렀어."

몽이 천천히 몸을 돌렸다. 가슴에서는 피가 폭포수처럼 뿜어져 나오고 있었다.

"너… 너……"

몽의 입에서 띄엄띄엄 말이 흘러나왔다. 그마저도 목구멍으로 솟구쳐 오르는 핏물 때문에 제대로 나오지 않았다.

"내 연기 어땠어? 감쪽같았지? 처음에 안 믿을 때에는 너무 몰입해서 그런가 하고 정말로 억울했어. 그래도 나름 괜찮은 남자 같다고 생각은 했는데 이렇게 돼서 정말 아쉬워. 우리 다음 생에는 만나서 찐하게 사랑하자."

그렇게 말한 매영이 몽의 입술에 가볍게 입맞춤을 했다.

몽의 표정이 일그러졌다.

통증 때문이기도 했지만 이 상황이 가져다준 아픔 때문이었다.

매영이 몽의 가슴에 박힌 단검을 뽑음과 동시에 그를 밀었다. 그러자 쓰러지는 몽을 음귀곡주가 마치 보물을 받아 들 듯 조심스럽게 받아 들었다.

"소중한 재료에 이렇게 생채기를 내면 쓰나?"

"어쩔 수 없었다는 거 알잖아? 그리고 이 정도면 양호한 편 이야."

"그건 그렇지만."

그렇게 말한 음귀곡주가 섬뜩한 미소를 흘렸다.

몽은 아득해지는 정신 속에서도 두 사람의 대화를 들었다. 그리고 이대로 실혼인이 될 수는 없다는 생각을 했다.

몽은 힘겹게 혀를 움직였다. 그러고는 미리 넣어두었던 독 단을 이 사이에 끼웠다.

"잠깐, 그놈 입!"

몽의 입이 움직이는 것을 본 매영이 소리쳤지만 이미 늦었 다. 음귀곡주가 몽의 입을 벌리려고 했으나 몽이 조금 더 빨 랐다.

독단을 깨묾과 동시에 독이 퍼지더니 이내 얼굴부터 녹아 내리기 시작했다.

음귀곡주가 얼른 몽을 놓았고, 이내 그의 몸은 모두 녹아 없어졌다.

"설마 독단을 깨물 줄이야."

매영의 말에 음귀곡주가 허탈한 표정을 지었다.

"너무 그런 표정 짓지 말라고. 다른 재료 구하러 가면 되잖아."

"그렇긴 하지. 일단 좀 씻고 움직여야겠다. 이놈 때문에 얼마나 움직였는지."

"이봐, 잡아온 것처럼 보여야 한단 말이야. 그냥 가는 게 낫지 않겠어?"

매영의 말에 음귀곡주가 인상을 찌푸렸다. 하지만 결국 그녀의 말을 수용할 수밖에 없었다.

"알았다."

＊　　　＊　　　＊

태사현과 동은 마냥 두 사람을 기다릴 수 없어 실혼인 치료법 연구를 계속했다. 밤잠을 설쳐가며 연구를 한 끝에 자그마한 결과물을 내놓을 수 있었다.

그 소식에 살수들은 서시를 서윤이 수련하던 그곳으로 옮겼다. 상단 한복판에서 치료할 수는 없었기 때문이다.

상단에 해가 될 수도 있고, 감당하기 어려울 수 있는 일들이 계속해서 벌어지고 있음에도 설군우는 조금도 싫은 내색을 하지 않았다.

오히려 물심양면으로 지원을 아끼지 않았다.

서시를 옮긴 후 그곳은 다시금 출입 금지 구역이 되었다.

태사현과 동은 치료에 필요한 것들을 챙겨 서시가 있는 곳으로 들어갔다.

단단히 묶어놓기는 했으나 만약의 사태에 대비해 몽이 남겨 둔 몇 명의 살수도 함께 그곳으로 들어갔다.


태사현과 동이 서시의 치료를 시작하고 얼마 후 대륙상단에 손님이 찾아왔다. 바로 무림맹을 떠나 온 종리혁이었다.

오랜만에 찾아온 그를 설군우는 반갑게 맞이했다.

"어서 오십시오, 맹주님."

"오랜만입니다. 그간 안녕하셨습니까?"

안부를 묻는 것도 어색한 상황이었지만 종리혁은 자신도 모르게 그런 말이 나왔다.

"예, 그럭저럭 잘 지냈습니다. 안으로 드시지요."

"네."

종리혁이 설군우를 따라 상단 안으로 들어갔다.

상단 안은 한가했다. 과거에 왔을 때에만 해도 이런 저런 물건이 많았고 분주했는데 지금은 그와 정반대였다.

그것을 보니 무림맹의 맹주로서 책임을 통감하게 되었다.

"아버지, 무림맹의 맹주가 찾아왔습니다."

설백의 방에 도착한 설군우가 안쪽에 기별을 넣었다.

"모시거라."

설백의 말에 설군우가 문을 열고 종리혁과 함께 방 안으로 들어갔다.

"오랜만에 뵙습니다, 선배님."

"그렇구만. 앉게."

종리혁은 설백의 맞은편에 앉았다. 부쩍 늙은 모습의 설백을 보니 가슴이 아파오는 그였다.

"그간 고생이 많으셨습니다."

"고생은 내가 아니라 다른 이들이 했지. 특히 먼저 간 그 친구가."

설백이 신도장천을 말하자 종리혁이 고개를 숙였다.

"면목 없습니다."

"왜 자네가 면목이 없는가. 그럴 필요 없네. 그렇게 가는 것이 강호인의 숙명이 아니겠는가?"

설백의 위로에도 종리혁은 쉽게 고개를 들지 못했다.

"애들은 잘 지내는가?"

"예. 특히 서윤에 대한 소문은 중원 전체로 퍼지고 있습니다."

"들었네. 그 아이가 괜히 부담을 가지지는 않을까 걱정되는구만."

"부담이 없지는 않은 것 같으나 잘 이겨내고 있는 것 같습니다. 곁에서 설시연이 큰 힘이 되어주는 것 같습니다."

"허허허."

종리혁의 말에 설백이 기분 좋은 웃음을 터뜨렸다.

"잘 어울리는 한 쌍이지."

"그렇지요."

짧은 안부를 묻고 답하는 사이 설군우의 부인인 연 씨가
차를 내왔다.

그녀가 나가자 설군우가 각자의 잔에 차를 따라주었고, 설
백이 종리혁을 보며 물었다.

"그래, 맹주가 이렇게 먼 길을 달려온 것을 보면 할 말이 있
거나 물을 말이 있어서일 것 같은데."

"그렇습니다. 개인적으로 궁금하기도 하지만 꼭 필요한 정
보이기도 합니다."

종리혁의 말에 설백이 가만히 고개를 끄덕였다. 그런 그를
종리혁은 말없이 바라보기만 했다.

어쨌든 설백에게는 다시는 기억하고 싶지 않은 아픈 기억이
기 때문이다.

"그래, 무엇부터 얘기해 주면 되겠는가?"

"저들의 본거지는 어디이며 어째서 마교주가 선배님의 무공
을 익히고 있는 것입니까?"

종리혁은 단도직입적으로 물었다. 그에 설군우는 조용히 자

리에서 일어나 밖으로 나갔다.

둘만 남은 상황. 종리혁은 시선을 피하지 않고 설백을 바라보았다. 설백 역시 종리혁의 시선을 피하지 않았다.

둘 사이의 분위기가 방 전체를 숨 막히는 긴장감으로 몰아넣고 있었다.

『풍신서윤』 8권에 계속…

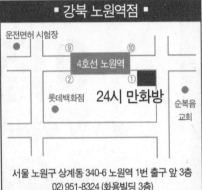
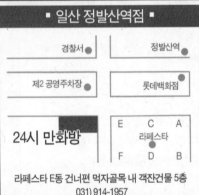
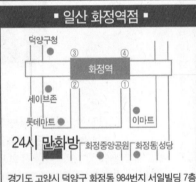
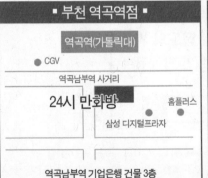
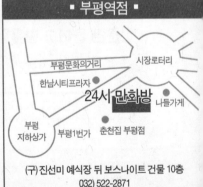

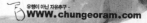

MAJOR LEAGUER
메이저리거
FUSION FANTASTIC STORY
강성곤 장편 소설
꿈꾸는 자에게 불가능은 없다!
『메이저리거』
불의의 사고로 접어야만 했던 야구 선수의 꿈.
모든 걸 포기한 채 평범한 삶을 살던
민우에게 일어난 기적!
"갑자기 이게 무슨 일이지?"
그의 눈앞에 나타난 의미 모를 기호와 수치들.
그리고 눈에 띈 한 단어.
'타자(Batter)'
특별한 능력을 얻게 된 민우의
메이저리그 진출기가 시작된다!
Book Publishing CHUNGEORAM
유행이 아닌 자유추구 -
www.chungeoram.com

박선우 장편소설
FUSION FANTASTIC STORY

# 멋진 인생

*Wonderful Life*

태어나며 손에 쥔 것이라고는 가난뿐.

그러나 내게는 온몸을 불사를 열정과
목숨처럼 소중한 사랑이 있었다.

『멋진 인생』

모두가 우러러보는 최고의 직장이자 가장 치열한 전쟁터,
천하그룹!

승진에 삶을 바친 야수들의 세계에서 우뚝 서게 되는
박강호의 치열하지만 낭만적인 이야기!

철순 장편소설
FUSION FANTASTIC STORY

# 괴물 포식자

지구 곳곳에 나타난 차원의 균열.
그것은 인류에게 종말을 고하는 신호탄이었다.

## 『괴물 포식자』

괴물을 먹어치우며 성장한 지구 최강의 사내, 신혁돈.
그는 자신의 힘을 두려워한 인류에 의해
인류의 배신자라는 낙인이 찍히고 죽게 되는데…

[잠식이 100%에 달했습니다.]
[히든 피스! 잠들어 있던 피닉스의 심장이 깨어납니다.]

불사의 괴물, 피닉스의 심장은
신혁돈을 15년 전으로 회귀하게 한다.

**먹어라! 그리고 강해져라!**
**괴물 포식자 신혁돈의 전설이 시작된다!**

# 궁극의 쉐프

*Ultimate chef*

가프 장편소설

FUSION FANTASTIC STORY

태초의 우물에서 찾은 사막의 기적.
사람의 식성과 식욕을 색으로 읽어내는 능력은
요리의 차원을 한 단계 드높인다.

## 『궁극의 쉐프』

요리란!
접시 위에 자신의 모든 것을 담아내는 것.

쉐프란!
그 요리에 자신의 가치를 증명하는 사람.

*"요리 하나로 사람의 운명도 좌우할 수 있습니다."*

혀를 위한 요리가 아닌, 마음을 돌보는 요리를 꿈꾸는
궁극의 쉐프 손장태의 여정이 시작된다!

Book Publishing CHUNGEORAM

유행이 아닌 자유추구 -
WWW.chungeoram.com